CARRÉ NOIR

COLLECTION SÉRIE NOIRE
créée par Marcel Duhamel

Nouveautés du mois

2007 — AU BALCON D'HIROSHIMA
(JEAN AMILA)

2008 — LE MAUSOLÉE DE LA VENGEANCE
(BILL PRONZINI)

2009 — MÉTROPOLICE
(DIDIER DAENINCKX)

2010 — LE DIAMANT ORPHELIN
(WILLIAM IRISH)

A.D.G.

La divine surprise

nrf

GALLIMARD

© *Éditions Gallimard, 1971.*

A tous les hors-la-loi d'hier et d'aujourd'hui, à tous les rifodés, malingreux, mercandiers, coupe-jarrets, coquillards, sabouleux, mercureaux, faux-sauniers, tire-laine, courtauds de boutanche, fractureux, gens de la petite flambe, hubains, narquois drilles et rôdeurs de filles, à tous nos jeunes morts, à Bonnot, Loutrel, Danos, à Casanova et au docteur Michel-Georges MICBERTH qui est aussi des nôtres.

A.D.G.

I

Mon papa à moi, il est truand. Des oreilles jusqu'au bout des doigts de pied. Comme il est toujours sapé comme un prince, ça ne se voit d'ailleurs presque pas. Je dis cela sans forfanterie aucune, comme tel autre vous émerveillerait en vous causant de son aïeul qui a fait les croisades ou tel encore avec son arrière-grand-père fournisseur-drapier de Napoléon III.

Sans honte non plus. Puisque je prends sa suite, une-deux, en avant arche, les gros fafiots des petites banques ne sortiront pas des poches de la famille Le Cloarec.

Bien sûr, mon père (je l'appelle Alfred) ne m'avait pas affranchi de but en blanc, à la sauce « parent-responsable-tu m'as compris petit ». Il faut vous dire que ma mère était morte en couches alors que j'atteignais ma douzième année. Elle n'avait jamais soupçonné, ou alors, si elle avait, ne disait rien, bien trop gentille et discrète pour faire du chagrin à Alfred.

Pour ma mère et les gens du quartier, Alfred partait tous les matins avec une valoche à la main, bien peigné, respectable encore plus que l'adjoint au maire qui habitait au-dessous de chez nous. Il se faisait passer pour représentant en matériel chirurgical et aurait bien défié n'importe qui de prouver le contraire. Pourtant, jamais, je le jure, il n'avait vu un bistouri au repos ou un scalpel sur un catalogue. Les seules fois où il avait lié connaissance avec ces instruments barbares, ils étaient en train de fouiller sa chair à la recherche d'une 11,43 vicieuse ou d'une sournoise 9 mm qu'un convoyeur de banque trop habile avait cru bon de lui offrir.

Un jour, à notre maison de campagne des bords de Loire, en cherchant mon lance-pierre dans la cave, j'avais découvert, dans une vieille maie, une belle M.P. 40 flambante et graisseuse, un Mauser canon long impressionnant et un plus modeste, mais bien joli quand même, 7,65 Herstall extra-plat. Je vous cause de ça maintenant en spécialiste, mais à ce moment-là, bien sûr, je connaissais rien à ces merveilles. J'avais l'air nouille en pensant à ma fronde à dégommer les merles...

— Dis, papa, tu fais la guerre? T'es ohahesse?

Alfred avait incliné vers moi sa belle tête léonine, m'avait regardé franchement et s'était expliqué. Ses journées, il les passait dans tous les bistrots de la ville voisine. Comme ça, bien sûr, il était devenu champion de billard, Alfred, et marcheur infatigable à pister dans tout le coin les messieurs qui transportent de l'argent. Il m'avait parlé gentiment, comme à un homme, qu'il fallait rien dire à maman, que ça lui ferait de la peine. J'avais pigé au quart de tour, déjà bien avancé pour mes onze piges, premier à l'école et chouette mornifleur de couillons gamins.

Papa avait une sœur, Grégorine, qui dans sa jeunesse était la reine des bordilles et avait tourné bigote et chiante sur ses vieux jours. Quand maman est morte et ma petite sœur aussi, elle avait dit à Alfred :

— Alfred, ce petit-là, il faut le mettre en pension. Ta vie est pas convenable, il faut t'en séparer. Ou alors travaille honnêtement.

Papa l'avait regardé bien en face avec l'air de se foutre de sa tronche et lui avait répondu :

— 'Gorine, tu déconnes... ('Gorine, ça datait du temps où elle arpentait le bitume, parce qu'il faut dire que son vrai prénom, ça faisait tarte pour une pute, tandis que 'Gorine, ça vous avait un petit côté porcin qui pouvait plaire à la clientèle en qui sommeillait toujours... etc...)

— 'Gorine, tu déménages complètement. La pension, c'est comme la prison. Il y a peut-être quelques différences, comment veux-tu que je sache puisque je connais que la tôle. Mais tout ça, c'est pas sain pour un garçon de son âge. Il a besoin de courir un peu dans la rue. Il y verra des morues ('Gorine sourcilla.), il fera le coup de poing, le coup de queue s'il le veut, mais jamais à cause de moi il sera enfermé entre quatre murs.

— Ce garçon tournera mal, a prophétisé 'Gorine...

J'ai tellement mal tourné qu'aujourd'hui à vingt-trois ans, je suis grand, un peu mignon et costaud, costumé sur mesures et que je roule qu'en Jaguar. C'est bien vrai qu'elle déconnait, tante 'Gorine.

Je gamberge à tout ça en sortant du lit vers les midi. Pour la frime, je suis intermédiaire d'antiquaire; c'est d'ailleurs écrit sur ma carte de visite : « André Le Cloarec, antiquaire », suit mon adresse que je peux pas donner, vous comprenez pourquoi. Il suffit de savoir que c'est dans une grande ville du centre et qu'effectivement, une fois par mois, je négocie quelques meubles, cinq bibelots et trois fusils à silex pour contenter mon percepteur et rassurer le commissariat.

Mais là, pas question d'aller courir les salles de vente, Alfred m'attend chez lui pour examiner une affaire. On ne travaille que tous les deux, juste de temps en temps un petit extra, un brave copain pas trop gourmand pour driver une voiture ou faire le guet à un coin de rue. On ne fait que dans le braquage. L'époque appelle la spécialisation et ne fait pas grâce aux amateurs qui éparpillent leurs talents et leurs forces dans mille directions.

Un court trajet de dix minutes par les grands boulevards m'amène à la garçonnière de papa qui est encore pagé, maintenant peinard, « à la retraite » pour les caves, mais, vous le verrez, dans l'illégal boulot, ardent comme un jeune homme. On s'embrasse :

— André, qu'il entame, je suis sur un blot immense, tu vas rêver.

— Une banque, un arraché en ville, une attaque de diligence?

— Mieux que ça, petit...

— Un train postal?

— T'es pas sérieux. Tu nous vois faire voltiger un dur, comme ça, tous les deux?

— Avec de la volonté, je proclame, et un bon levier, je soulève la calotte de la terre pour y faucher tous les trésors...

— C'est beau l'instruction... (A chaque fois qu'il peut, il ne manque jamais de faire remarquer que c'est lui qui m'a poussé jusqu'au bachot. Il est très fier.) Non... Tu te souviens de ce coffiot dont t'avait parlé Petit-Rébus. Chez Bridel, le notaire. Ça nous avait pas intéressés parce que le blindage, c'est déprimant pour un honnête homme et que c'est pas à mon âge que je vais me transformer en ouvrier spécialisé pour jouer du chalumeau...

— Alors, je le coupe, il n'y a rien à faire. Ils sont au moins quinze dans l'étude, dont un ancien para. Braquer tout ce petit monde, c'est du cinéma.

— Attends, attends, petit. J'ai du nouveau, tu vas voir ce gâteau! D'abord, Petit-Rébus m'a téléphoné pour me dire que le vieux veut encore de la galette. A soixante-dix piges, les suceuses coûtent cher... Le notaire va donc retirer de la banque le joli paquet de talbins. Samedi en huit. C'est ça le merveilleux dans l'histoire : pourquoi n'entend-on jamais dire qu'une étude a été attaquée?

— Biscotte, je récite en bon élève, les notaires n'ont jamais de liquide et qu'ils traitent tout par chèques.

— Exact. Mais là, nous avons à faire à un vicieux. Le vieux qui n'a pas confiance dans le papier et veut son fric en biffetons. Le notaire gueule comme un dingue, mais comme le plouc a plus de cent briques chez lui, Bridel le voit comme la manne céleste et lui passe tous ses caprices...

— Et Petit-Rébus, je poursuis, qui coiffe à peu près toutes les putes de la ville sait combien le vioque sort pour se faire pomper le nœud. Chaque fois, dans les dix briques, même plus. De l'artisanat, mais correct, et réglé comme papier à musique.

— C'est ça, fils; belle synthèse, on voit que tu as ton bac. Le truand qui s'attaquerait à un notaire ne repartirait qu'avec des donations entre époux et une tapée de testaments. Là, c'est différent.

— Ça ne résout rien, Alfred; quinze branques au bout du canon, ça fait un trèpe pas convenable. On peut jamais savoir leurs réactions à ces bourgeois. Il suffit qu'un se fasse engueuler toute la sainte soirée par sa drouyère et rêve de manchettes mirifiques pour casquer au héros. Il en bande déjà « au péril de sa vie ».

— Ben, voilà le nouveau. J'ai rencontré l'ancien para. Un type gonflé et qui s'emmerde à cent sous de l'heure sur son burlingue. Il voudrait, qu'il dit, monter un snack en Corse où il a des copains. Pour lui, une affaire comme ça, ça serait un début, pour le reste, il se débrouillerait avec un emprunt.

— On a une intelligence dans la place. Ça fait quoi de plus?

— Attends la coupure. Roger Ambugue, c'est son nom à ce baroudeur, m'a expliqué que le samedi, Maître Bridel réunit son personnel pour se tenir au courant des affaires, un *briefing* qu'il appelle ça. Il ne reste dans la salle au coffre personne, tous à l'autocritique briefingueuse. Je répète : le vieux queutard vient retirer son pognon le lundi. C'est la fermeture de l'étude, ça tombe bien, il veut voir personne; ses turpitudes, ça le gêne de les faire partager rien qu'à la vue de sa poche gonflée. Comme les banques sont lourdées le lundi, Bridel va faire chercher les dix briques le samedi vers trois heures.

— Ce que je comprends pas, j'interromps papa, c'est pourquoi on sucre pas l'émissaire en pleine course? Tu te compliques...

— Ah, jeunesse! Maître Bridel est un vieux prudent de la vieille école. Il est rade comme Harpagon, mais s'est fendu d'une serviette à encre rien que pour ce transport. Tu tires sur la sacoche et tu te retrouves avec des billets de dix à la mode peau-rouge. C'est trop de tracas, encore de la technique.

— Bon, j'ai compris. Mais si tout le monde est au *briefing,* on en revient au perçage. A moins que... Ça y est, ton Ambugue a la combinaison...

— Nib. Seuls Bridel et le premier clerc la possèdent. Je te dis que le cher Maître est un sournois conservateur... Ce qu'on fera, c'est moitié force, moitié souplesse. Roger Ambugue à une certaine heure qu'on lui fixera, appellera Bridel, soi-disant pour discrètement lui susurrer qu'il entend des bruits suspects dans l'étude. C'est psychologique maintenant ce que je vais te dire : l'homme craint le ridicule. Pour pas passer barjo susceptible, Bridel, quand même prudent, se fera accompagner juste par Ambugue qui est rassurant comme pas un avec sa carrure de lutteur forain. Nous on les attendra derrière la porte, la gueule terrible et le calibre menaçant. Il s'agira de travailler rapidement Bridel pour lui mettre la pétoche au dargif et l'inciter à nous confier sa clé et son mot de passe.

— Vu. Mais ce que tu dis du notaire me fait pas bien augurer de sa docilité. Un coriace pingre, ça se laisse détailler les pinceaux au feu de bois sans en croquer une...

— C'est là que tu verras encore la psychologie... Il ouvre donc le coffiot, on se sert comme à l'hypermarché, on assaisonne un peu les tabellions et on se tire tranquilles comme deux fleurs.

A vrai dire, la psychologie, j'ai pas confiance en. Quoiqu'on me dira qu'un honnête calibre incite toujours celui qui est en face à reconsidérer toutes velléités agressives et qu'en somme, c'est de la psychologie à l'état brut. Je suis pas chaud-chaud pour cette expédition qui m'apparaît pleine d'aléas et, pour tout avouer, tirée par les cheveux. Seulement, j'ai aussi confiance en Alfred qui s'est toujours sorti sans une éclaboussure de tortueuses et alambiquées situations.

Je raconterais sa vie que j'en torcherais une œuvre complète pleine de rebondissements. Seulement, par recoupements, les lardus qui savent lire auraient vite fait de me faire regretter ma piété filiale.

Je repars, laissant mon cher père récupérer les heures de sommeil qu'une bandeuse — non mercenaire — lui avait certainement ravies sans scrupules. Je passe chez moi et récupère mon automobile au garage pour filer en ville grainer ce que mon solide organisme demande pour continuer de plaire aux dames.

Je déjeune toujours au *Triomphal*. Luc, le patron, est un bon copain. Ancien armurier dans la marine, il y tâte autant de l'an XIII à silex réglementaire que du 38 Special Police, le tout en préparant une graille du tonnerre à prix réduit pour les amis. Bien sûr, il ignore tout de ce que je peux maquiller réellement, il sait seulement que je puise toujours largement dans ses réserves de munitions en les douillant tout aussi largement. Que je fasse du stand ou du flinguage à la petite semaine, il s'en tambourne le coquillet comme un vrai copain qu'il est.

Je prends l'apéritif avec lui, chacun trois tournées parce qu'on s'est pas vus depuis la veille tout en écoutant d'une oreille amusée ses démêlés avec la stérilité de sa légitime. Ils voudraient bien un loupiot; ça vient pas de lui, il se souvient très bien de mignonnes vietnamiennes, tahitiennes, pieds-noirs qui lui avaient assez expliqué que leur hospitalité n'était pas sans limite :

— Demain, la Toune, elle va à Paris voir son gynéco. Pendant trois jours il faut que je me retienne

17

mais demain matin, avant le train, que je lui colle une méchante pétée afin que le toub' il voit si mes bestioles gesticulent bien...

Je le charrie en grande amitié quoique je ne pige pas pourquoi ils sont si assoiffés de gniard. Tant et tant de souris qui voudraient bien copuler tranquilles sans les saute-moutons, coquilles plastiques ou à l'extrême rigueur, le billet chérot vers les ramoneurs helvètes... Puis je me dirige vers ma table habituelle, celle qui fait face à la porte. Ça n'est pas que je craigne quelqu'un, les flics ne connaissent que mon livre de police de broc' et les lampes à pétrole que j'offre à leurs goyots pour le nouvel an, mais mon papa à moi m'a donné de bonnes habitudes sous forme de parabolés issues toutes droites des deux colonnes à la une des quotidiens.

Il y a une petite chose assise à ma place. Elle a les cheveux châtains remontés en un chignon langoureux et une expression douce sur le visage. C'est ça qui me frappe tout de suite, le regard qui me couve avec une chouette tendresse qui ne se justifie pas au premier abord, parce que cette gentille personne souriante, je la vois pour la première fois. J'interroge d'un haussement de sourcils Luc qui essuie ses verres et me répond, en écartant les ailerons, « que la demoiselle elle avait demandé après moi et qu'il avait cru bien faire en l'installant à ma table ». Je m'y glisse donc, vaguement ennuyé, car si j'aime bien les affables jeunes filles, je n'admets guère qu'elles me relancent comme de vulgaires radeuses.

Elle décortique des crevettes, les yeux baissés, et

projette d'un seul coup ses deux merveilleuses mirettes claires comme l'eau d'un torrent basque dans les miennes, nettement moins limpides, malgré qu'elle ait l'air d'être un peu plus âgée que moi.

— Je suis la sœur de Petit-Rébus, elle annonce sans hypocrisie et me fixant d'un regard maintenant un peu grave.

— Enchanté, dis-je en me soulevant un peu.

J'attends surtout de savoir, sans trop me mouiller dans des considérations vaseuses que des prunelles pareilles me font, à l'avance, apparaître incongrues.

— Je suis venue vous dire que Petit-Rébus est en prison depuis hier. Il est venu me voir à Paris où je travaille et les policiers l'ont arrêté à cause de son interdiction de séjour dans la Seine...

Ils sont tous comme ça, les tricards, coincés à cause de la famille, même des vicieux comme Petit-Rébus; tous, ils veulent embrasser la maman ou la petite sœur ou la nana qu'il faut parfois reprendre en main. C'est pour ça qu'on voit toujours tant de lardus aux enterrements des parents de truands. Monsieur Borniol fait la chèvre et le bon tigre en imparable cavale depuis des années se fait enchrister de première par le chasseur assermenté.

Où je voyais le vanne encore plus sévère, c'est que les bourres de la capitale ne pouvaient sauter un zèbre comme Petit-Rébus qu'avec une intention précise dans le fond de leur gamberge piégeuse. Un homme qui se tient peinard, on le laisse se balader tant qu'il veut, trique ou pas trique, et même j'en connais certains qui logent à trois pas d'un repaire

19

à poulets avec dix piges d'interdiction. Ça cachait sûrement un vice quelconque cette subite sollicitude pour un commerçant plein de repos comme l'est Petit-Rébus. Même s'il ne paie pas de T.V.A. sur son pain de fesses, un maq' répertorié, fiché et somme toute célèbre, est une clientèle pleine de charmes pour un officier de police.

— C'est un garçon qui était arrêté en même temps que lui et sorti ce matin qui m'a prévenu et m'a dit de la part de mon frère qu'il fallait que je vienne ici pour vous mettre au courant.

Elle avait respecté mon instant de silence puis m'avait bonni ce qui précède pour s'acquitter au mieux de sa mission. Comme je connaissais Petit-Rébus, ça n'était pas histoire d'alimenter les échos de la gazette truande régionale qu'il me prévenait. Il voyait un rapport entre son arrestation et la famille Le Cloarec.

Je briffais distraitement en la voyant grossir, l'emmerde, jusqu'à devenir de la taille d'une achélème. Bien sûr, ça ne pouvait pas être l'affaire Bridel où d'ailleurs Petit-Rébus n'avait qu'un rôle très limité; une information, n'est-ce pas, ça n'engage à rien et, comme dit l'autre, souffler n'est pas jouer. De plus, à part Alfred et moi, personne ne pouvait envisager le coup de pouce que notre ami le hareng voulait bien nous donner.

J'avais beau me creuser la cervelle, je voyais aucun lien, pas le moindre indice qui puisse me faire comprendre pourquoi les flics s'intéressaient à nous par le biais de Petit-Rébus. Mais peut-être papa saurait?

— Vous n'êtes pas vraiment antiquaire, n'est-ce pas, André, me demande-t-elle à la sortie du cinéma, alors que, toujours main dans la main, nous marchons dans le soir qui tombe déjà...

Comme pour lui donner raison, une D.S. noire arrive en chuintant légèrement sur ses pneus, derrière nous. Il est très rare qu'on tire à la mitraillette sur un antiquaire, et c'est pourtant ce qui nous arrive. J'ai brusquement attiré Martine vers moi et la fait chuter en arrière, là où le réflexe du bon tireur est engourdi. C'est psychologique comme dit papa : à la chasse, quand vous tirez la perdrix au vol, vous visez plutôt en avant, il serait bien étonnant que le gibier recule. Je tombe en souplesse sur Martine tandis que miaulent et tchaquent les balles de la rafale inattendue sur le bord du caniveau. La voiture, après un sérieux ralenti insatisfait, prend une grande vitesse propre à la faire échapper à la foule qui s'intéresse un peu à la situation, à distance il est vrai. Dès qu'elle a disparu dans une rue perpendiculaire, j'attrape Martine par le coude et je cours jusqu'à la Jaguar, heureusement pas trop loin.

Je démarre nerveusement, tremblant de frousse rétrospective et surtout furieux jusqu'au trognon, en rogne à tuer. Comme je ne suis pas du genre à me balader jour et nuit avec un flingue à la ceinture, je n'ai pas pu riposter. Je ne sais même pas qui a bien voulu me trucider à la surprenante, sans bavures. Avec papa, on n'est pas des enfants de chœur, certes, mais on ne fait d'arnaques à personne, on n'a pas de complices mécontents ou de concurrents jaloux. J'ai beau me dire que c'est une erreur, il y a quand même cent autres couples qui, sortant du cinéma, auraient pu être les malheureux bénéficiaires d'une telle gourance. Je vais en avoir des choses à raconter à Alfred...

Je regarde Martine en coin. Elle est pâle mais ne moufte pas. Bonne race, toute demi-sœur qu'elle est. Je fais le tour d'un pâté de maisons et entends, au loin, la bruyance antipathique d'un car d'archers qui se précipite sur le fait divers. En route vers mon studio, un peu de calme, deux westerns de suite, ça assèche... Je m'arrête en chemin pour acheter une paire de bas à Martine car les siens se sont déchirés aux genoux dans sa chute puis nous montons à mon deuxième étage.

Pendant qu'elle se change dans la salle de bains, je téléphone à mon père en lui demandant d'arriver dare-dare. Ça n'est pas par manque de respect que je le fais venir au lieu de me déplacer moi-même, mais je n'ai pas envie de laisser Martine seule.

Sur ma question, revenue les gambilles irréprochables, elle me désigne la bouteille de cognac pendant que je verse le ricard à Alfred et à moi. Je lui dis, alors qu'elle s'ingurgite un ballon bien tassé, que j'attends mon père d'un moment à l'autre; elle acquiesce un peu étonnée, alors je lui explique que mon père, heu... lui aussi... il est comme moi... vous comprenez Martine?... Petit bout de femme sérieuse, elle résume comme une institutrice devant un môme pas très doué pour l'élocution :

— Votre père est un truand. Comme vous...

Ça semble lui inspirer des réflexions mélancoliques, cette constatation bien objective pourtant, à mon sens. Ça devait pas l'enchanter outre-mesure cet état de fait, elle aurait sans doute préféré que je le sois réellement, antiquaire, tout comme l'aurait souhaité tante 'Gorine, à la différence que 'Gorine avait été une foutue garce et sur la fin de sa vie une emmerdeuse de première bourre, et que Martine, j'en étais sûr rien qu'à la façon dont elle avait encaissé l'attentat, était une très chouette fille digne d'intérêt.

Le petit carillon musical a cisaillé l'espèce d'enchantement muet où nous nous étions plongés, yeux dans yeux, les miens voraces de fraîcheur, les siens calmes et confiants. J'ai ouvert avec prudence la lourde derrière laquelle se tenait Alfred, un peu surpris de mon appel et étonné d'apercevoir par-dessus mon épaule la ravissante Martine qu'il ne pouvait, sans bavures à cause de la psychologie, confondre avec les gambadeuses insipides que je m'offrais en temps ordinaire.

Je fis les présentations rapidement afin de dissiper toute équivoque et affranchis Alfred des événements de la journée. Lui non plus ne voyait absolument pas d'où venait l'embûche. Le plein sirop, tant à propos de l'incarcération de Petit-Rébus et du sens de son message que de l'action vicelarde des enfoirés canardeurs. Le plus chiant, c'était qu'on n'avait pas de rapport avec les truands du coin, tous traîne-savates et forts-en-gueule selon papa, juste bons à faucher des postes de radio dans les achélèmes ou des rétroviseurs sur les voitures en stationnement. C'était vraiment pas dans leur style le rodéo mitrailleur, ni surtout dans leurs intentions, assurés qu'ils pouvaient être de recevoir la solide riposte du père Le Cloarec qui se laissait marcher sur les pieds par personne.

— Enfin, je vais quand même me renseigner, conclut-il, faire une tournée dans les boîtes, ce soir. On ne sait jamais, l'arrestation de Petit-Rébus a peut-être une raison que des garçons connaissent et puis pour toi, c'est peut-être une erreur.

— Oui, soupiré-je pas convaincu. Sois prudent, enfouraille-toi. Moi, je reste ici avec Martine des fois que les méchants voudraient faire un doublé...

Il m'a reluqué, interloqué de tant d'hypocrisie, a salué Martine, un rien goguenard et s'est trissé vers la reconnaissance investigatrice.

Je me suis approché de Martine lentement, l'ai prise dans mes bras comme une vieille habitude toujours joyeuse et l'ai embrassée doucement au coin des lèvres. Elle m'a frôlé la nuque d'une main douce, et nous sommes partis comme ça dans un pays inconnu et tendre, chacun donnant ce qu'il avait de meilleur...

II

C'est cette espèce de saloperie de téléphone qui me réveille vers une heure du matin. Ça me ramène tout en tête, et je balance un sourire gentil à Martine qui s'étire, les cheveux en bataille et l'œil reconnaissant.

Elle s'est donnée comme une vierge, mais avec l'humour, la petite fantaisie coquine que la pucelle n'a jamais, et bien d'autres non plus. Le dîner promis, je l'ai dégauchi dans le frigo où quelques rogatons se sont soudain transformés dans l'ambiance de fête des cœurs, en un festin de roi. Je décroche. C'est Alfred, l'air pas de bon poil :

— Fils, peux-tu me rejoindre au *Caveau*. Désolé de te déranger mais je tiens un bout du sac de nœuds.

— D'accord, papa. J'y suis dans un quart d'heure.

— Tu vas pouvoir m'emmener à la gare, murmure, à contre-cœur, semble-t-il, Martine qui émerge des draps.

— Pas question, je tranche en me sapant à toute vitesse. Tu restes là. Je te tiens, je te lâche pas de sitôt. Tu téléphoneras demain matin à l'heure de l'ouverture de ton antre à culture pour dire que ton vieil oncle ne va pas mieux et que comme il te lègue trente hectares de terre à blé, il te faut le temps de l'achever.

Elle rit, gamine et heureuse :

— Tu n'es pas sérieux, il faudra pourtant que je rentre pour lundi...

— On verra ça. De toutes façons, ça nous laisse tout le samedi et le dimanche.

Elle ne répond pas que c'est mal parti et que si je commence à découcher, il ne nous restera guère de temps pour faire ce que nous aimons tant. Elle ne le dit pas, ce qui prouve qu'elle a d'excellentes manières. Je passe dans la salle de bains et prends dans ma cache, sous la baignoire (Tous les flics vous le diront : au lieu de planquer vos écrocnotes sous la pile de draps ou dans le pot de chambre de la table de nuit, cachettes que tous les voleurs visitent en premier, utilisez la salle de bains, c'est « psychologique », on ne fouille guère cet endroit-là. Il y a même un malfrat qui, pourchassé par la police, s'est blotti sous sa baignoire et que les poulardins, fins comme un marais salant, n'ont pas su trouver.) le fameux 7,65 extra-plat qui me fit entrer dans la carrière et qu'Alfred m'a offert.

J'embrasse rapidement Martine qui roupille déjà à moitié, jugeant malsain — je me comprends — de m'attarder dans ces parages tentateurs. Je saute dans la voiture et me dirige vers le centre, pas ralenti par les clignotants qui bâillent de l'ennui nocturne des villes de province. J'arrive au *Caveau*, une boîte un peu plus chère que la moyenne, ce qui l'a dispensée de la clientèle turbulente des échevelés jerkeurs. J'entre, il y a peu de monde; une poule trop fardée fait danser sans cacher son dégoût, le fils à papa qui doit à son larfeuil bien matelassé le droit d'exhiber sa gueule eczémateuse dans un tel endroit.

Alfred est au bar, nonchalant, ce qui veut dire que je peux l'aborder. S'il avait été à une table, parole, je l'aurais pas connu. Je le rejoins et commande un wisquie que j'assaisonne, vu l'heure tardive, d'un brin d'orangeade sous l'œil réprobateur de papa qui serait plutôt raciste dans ces questions-là.

— Alors, je demande?

— As-tu vu, dans le fond, près de la cabine de disques?

Je distingue, avachi et serrant de près une pouffiasse lugubre, un mecton dont la tête me rappelle en effet quelque chose...

— Tino le Fausset, me renseigne mon père, le Corsico.

Alfred dit ça d'un air vachard. Les truands bretons et corses se gobent, en effet, mal, comme les douaniers de même origine. Celui-là, je m'en souvenais de son histoire. On l'avait surnommé Le Fausset parce que, secor et Tino par-dessus le marché, il chantait que c'était pas du gâteau. C'est rare que pour donner un blaze à un truand, on ait recours à des références musicales (Et d'ailleurs, s'il fallait juger un homme sur ses vocalises, j'en connais plus d'un dans le mitan, à commencer par papa, qui seraient pas laubés.) mais là, vraiment, Tino il poussait le bouchon un peu loin. En outre, le Fausset ça s'accommodait bien à son allure sournoise, graisseuse et malsaine. Il traficotait sur la ville, il y a un an, dans la neige à usage des jeunes empaffés en quête d'émotions « de qualité ». Tant qu'il emmerdait personne, ce Tino, on s'en foutait, on l'évitait juste à l'heure de l'apéritif parce qu'avec ses bagouzes, ses tatanes-crème et ses cravates blanches, il avait mauvais genre et que dans le mitan, la mode est à la sobriété.

Et puis un jour, il avait bavé sur Petit-Rébus qui, lui aussi, par l'intermédiaire de ses putes, arrondissait ses fins de mois en empoisonnant la jeunesse. Ça n'avait pas traîné : le gros plein de soupe avait été prié à coup de pieds dans le cul, sans compter les mornifles que Petit-Rébus, pas regardant à la tâche, lui avait jetées aux bajoues, de quitter à tout jamais la ville, faute de quoi, il aurait très vite l'occasion d'aller demander à son compatriote Napoléon si c'était vrai que les Anglais l'avaient un peu assassiné. Il avait rapidement pigé, cette espèce de Tino; on l'avait plus revu et on l'avait vite oublié, surtout que, je l'ai déjà dit, on fréquentait guère, nous les Cloarec, la truandaille de cet acabit.

C'était donc très étonnant qu'un type prudent comme lui, tellement prudent qu'il devait en croquer gros comme une maison à la Poulardière, revienne dans les parages. Il fallait qu'il ait une bonne raison : par exemple, savoir déjà que Petit-Rébus était enchristé. Et ça, pour le savoir, fallait être fortiche à cause du peu de temps qui s'était passé depuis l'arrestation jusqu'à maintenant. Fallait être fortiche ou... directement mêlé à l'affaire. De toutes manières, une conversation avec ce petit monsieur s'imposait de première urgence et c'est bien ce que le regard d'Alfred me disait, mieux qu'un long discours.

Epaule contre épaule, on s'est avancés vers le couple obscène qui se lovait comme deux lêches dans la glaise, au creux des douillets coussins du *Caveau*. Tino le Fausset a levé la tête comme on arrivait sur lui. Il a eu un hoquet, une sorte de gargouillis larvé, comme s'il avait de la peine à aller jusqu'au bout de sa peur. La pouffiasse blanchissait sous son maquillage outrancier, vermillon aux pommettes et vert sur les paupières. Le disquaire bascula un jerk sur sa platine et alluma les projos bleus. Ça soulignait, pris qu'ils étaient ces deux horribles, l'aspect Jérôme Bosch du tableau, le placage de la peur au fond des orbites.

Il a compris, Tino le Fausset, au quart de tour. Je vous dis qu'il comprenait, ce demi-sel, tout plus vite que personne au monde. Il s'est levé sans faire de rébecca vers nos masses jumelées, menaçantes et silencieuses, il a bredouillé des couilles à l'ignoble goyot qui souhaitait qu'une chose, être pieutée, immédiat, et seule, loin des bonshommes qui lui flanquaient, ce soir en tout cas, une trouille irrésistible.

On l'a fait monter dans la D.S. à Alfred qui était quand même plus pratique pour ce genre de voyage que ma Jaguar. Je l'ai rapidement vagué et n'ai trouvé, dans la poche de son veston, qu'un ya à cran d'arrêt. Papa s'est mis en route vers notre maison de campagne au bord de la Loire qui se révélait vraiment idoine pour causer tranquille, vu que le plus proche voisin créchait à une borne.

On roulait depuis dix minutes que Tino le Fausset n'en crachait toujours une, ce qu'on lui demandait certes pas, une D. S. n'ayant rien d'un boudoir. Je le voyais de coin ce gras fias dont la pomme d'Adam semblait habitée par un minuscule liftier frénétique et je me disais que si il était innocent, moi j'étais pédéraste. Il a fallu le porter pour le sortir de la voiture. Papa avait attriqué là une jolie maison, comme un rendez-vous de chasse, sur le côteau qui domine la Loire. En pleine noïe, on la sentait couler en bas, grasse et forte, racler ses bancs de sable qui sont parmi les plus délicieux pièges à cons que je connaisse.

On a traîné Tino dans la cave pour ne pas salir les pièces d'habitation meublées rustique. Il s'est comme réveillé à l'humidité et nous a regardés comme si c'était la première fois de la journée qu'on se rencontrait.

— Qu'est-ce que je vous ai fait?

Papa a pris sa voix douce, ces sortes d'inflexions tendres qui font se pâmer les mineures et les femmes mûres mais qui dans la circonstance, et accompagnées de l'extrême lueur dangereuse qui brillait dans ses yeux, faisait sûrement pas goder Tino et ne lui inspirait aucun apaisement pour la santé de sa peau suifeuse :

— T'étais trique, ici, Tino. Ordre de Petit-Rébus. Pourquoi t'es revenu?

— J'ai pensé qu'il me laisserait, il a répondu d'une

voix mal assurée. Tout ça, c'est du passé, je lui ferai des excuses.

— Tu lui feras des excuses, c'est ça, t'es de la bonne poulette, toi Tino, a poursuivi Papa toujours aussi gentiment. Tu sais pas où il est, Petit-Rébus, Tino la Fausse?

— Bah, non...

Clac! La première mornifle venait, sèche, d'éclater de la main d'Alfred.

— J'en sais rien, parole, de vos giries...

C'était manquer de respect, un aller-et-retour souligna l'impair.

— Comment voulez-vous, je suis arrivé de ce matin...

Pour se foutre de notre gueule, il attigeait le Tino. J'ai pris le relais d'un direct à l'estomac.

— On va t'expliquer, a continué Papa très patient. Jamais tu serais revenu si tu n'avais su que Petit-Rébus, il était pas là. Et notre ami, ce sont les cognes qui savent où il est. Les cognes et la salope qui l'a donné. C'est toi la salope.

Démonstration irréfutable, pleine de psychologie. Tino l'a accueillie avec un mouvement de dénégation qui en disait long sur son lamentable état d'esprit. Je me suis pensé qu'il était temps de passer aux choses sérieuses et ai sorti le ya de notre compère. Le claquement de la lame qui se dépliait, ça l'a rendu attentif, un peu passionné, vous pouvez me croire.

— Tu vas pas faire ça, André, qu'il a bonni, j'ai rien à y voir dans vos histoires, moi.

J'ai ricané sinistrement, comme le savant fou dans

33

La divine surprise. 2.

les films d'espionnage. Ça lui a porté sur les nerfs, et il s'est mis à chialer de colère impuissante. J'ai arraché le devant de sa limace festonnée d'un coup sec. La pointe du couteau est entrée légèrement dans le gras du bide. Il s'est affalé aussi sec :

— J'y suis pour rien, les gars, qu'un exécutant, je le jure. On m'a dit de balancer Petit-Rébus, je l'ai fait.

— Qui? des gars de Paris?

— Oui, des Yougoslaves, des vrais durs qui tiennent le pavé bien haut...

— Tu sais pourquoi?

— Ils veulent la province maintenant. Ils attaquent partout comack... A Lyon, à Saint-Etienne, à Lille, ils éliminent les hommes en place...

— Et sur quoi Petit-Rébus est-il coincé?

— Un gars lui a glissé des sachets de came à l'apéro. Je devais donner le signal aussitôt aux flics qui attendaient dehors...

— Fumier! Dégueulasse! Gonzesse!

Tant de saloperie, ça me paraissait pas croyable. Quand j'ai eu passé ma rogne, Tino le Fausset ne faisait plus qu'un gros tas sanglant affalé sur la terre battue.

— Calme, calme, fils, m'a dit Alfred. Il n'a pas tout dit, ce loch'du de secor.

Je suis allé chercher une bassine d'eau, dehors. La nuit m'a dégrisé et a un peu gommé cette ambiance misérable et moche. Le baquet sur la gueule, Tino aussi il s'est réveillé comme étonné d'être encore en vie.

— Qui a canardé mon fils cet après-midi? a demandé papa.

— C'est pas moi, parole. Je sais que les Yougos ont envoyé une équipe dans la ville.

— Et à ton avis, pourquoi ils nous canardent? a poursuivi Alfred, l'œil mauvais.

Il était encore moins à l'aise que tout à l'heure, Tino. Je savais ce qu'il allait dire et je savais aussi qu'il se préparait une drôle de nouba, le Fausset, et que ça, il le sentait venir, immense comme le Mont-Blanc... Mais maintenant, il avait la frénésie de paroles, on lui aurait demandé tous les coups de fumier qu'il avait faits depuis sa naissance, on n'aurait plus eu qu'à brancher un magnéto et revenir le lendemain pour obtenir un roman-fleuve de saletés.

— Ils m'ont demandé quels étaient les hommes qui prendraient les crosses de Petit-Rébus...

— Et tu nous as désignés...

Ça faisait aucun doute; d'ailleurs, je le croyais comme l'Evangile, ce type. Les Yougoslaves, on en entendait parler des fois, des branques sournois au mieux avec la Poule, des maniaques du coup tordu, des lavettes aux dents longues. C'était sûr que Tino jamais n'aurait tiré sur moi. Son schlass même n'était que décoratif, le folklore corsico ou le curetage d'ongles.

Et pourtant, cet instrument, il aura au moins servi une fois. Quand papa le plongea rapidement en plein cœur du Fausset. Seul, le manche d'ivoire, sur lequel était peint une vue d'Ajaccio, dépassait de la poitrine boudinée du ténor avorté. S'il avait eu de l'humour,

Tino, et s'il avait eu le temps, je suis sûr qu'il aurait apprécié que son pays natal ne lui soit jamais sorti du cœur...

Pour ce qui nous restait à faire, la proximité de la Loire était bien pratique. On a chargé le poussah dans le coffre de la D.S. et on a mis sur le siège arrière une espèce de bac en ciment destiné à recueillir l'eau de pluie, mais où, en somme, Tino serait fort à l'aise. Le bac pesait près de cent kilos, et je voyais la répugnance d'Alfred à s'ainsi fatiguer et salir. Seulement il fallait qu'il ne remonte jamais, l'empaffé de Tino, on nous avait vus partir ensemble du *Caveau*. Ils se sont enfoncés, le bac et lui, bien attaché dedans, sans giries, au bord du fleuve, dans un trou qui faisait bien trois mètres et que les eaux basses ne découvraient jamais. Papa, fin pêcheur, était formel sur ce point.

Et puis on est rentrés gentiment vers nos garçonnières respectives, j'ai récupéré la Jaguar en passant. Alfred, en me faisant la bise paternelle, m'a recommandé la prudence, ce qui était loin d'être superflu. Martine dormait comme un ange quand j'arrivai, ce qui, on le comprendra en se souvenant des émotions de la nuit et des travaux de force, m'arrangeait pas qu'un peu.

III

Lorsque je me réveille, c'est un samedi enduit de soleil et toujours le même bonheur en pensant à Martine. Même l'idée qu'une bande de dingues en veut à notre peau n'enlève pas ma belle humeur qui s'accroît encore en découvrant l'adorable enfant, sapée de ma robe de chambre trop grande pour elle, qui me présente un plateau où trônent un sympathique café et de croquignolants croissants qu'un mitron dépose chaque matin devant ma porte. Au risque de détruire la belle ordonnance du petit déjeuner, je lui roule un baiser monstre, joyeux comme un clairon. Elle proteste, sitôt sa bouche libre, et rétablit l'équilibre, ce qui me vaut une vue panoramique sur ses jeunes charmes.

— J'ai téléphoné à la bibliothèque, elle annonce.
— Pas trop renaudé?
— Ça n'a aucune importance.
— C'est bien mon avis.

Le chef érudit du Xe arrondissement, comment que je m'en balançais! J'explique succinctement à Martine pourquoi son frère est en cabane. Je vais pas lui parler, bien sûr, d'un certain Corse qui..., mon opinion est qu'elle n'a pas à avoir de ces soucis qui, aux dires des sociologues, font qu'il y a plus de veuves que de veufs.

Il doit être midi quand on émerge d'un lit dévasté par une multitude d'éruptions charnelles de qualité. J'avais rendez-vous avec Alfred à trois heures afin qu'on se mette dans l'ambiance du samedi notarial et contrôler le bien-fondé de ce *briefing* bridelien. En attendant, on retourne, comme en pélerinage, vers le *Triomphal* où un Luc hilare et complice nous sert un casse-graine de lune de miel. J'ai bien vérifié si on était pas suivis et constaté en retrouvant le cheveu collé sur le capot qu'aucun vilain terroriste n'a collé sa bombinette dans ma Jaguar.

— Ah, tiens, au fait, André, me lance Luc en s'en foutant, deux mecs ont demandé après toi...

— Des flics?

— Non, des genres de métèques pas polis qui n'ont même pas consommé. Ils m'ont dit qu'il fallait absolument qu'ils te voient, que je leur donne ton adresse.

Luc a de sévères consignes à ce sujet et, comme il est aussi breton que nous, les Cloarec, lui arracher toutes les dents ne suffirait pas à le faire sortir de son entêtement.

— Des amis à toi?

— En quelque sorte. Des amis du style « si j't'attrape-j'te tue »...

— Un coup de main?...

— Reste tranquille, merci. Quand t'auras fait

déboucher les trompes de la Toune et que t'auras assuré ta descendance, t'auras peut-être le droit de faire joujou...

Je continue pas parce qu'un type zieute par-dessus le rideau de la porte et, m'apercevant, entre d'un pas décidé. Ce type, je le connais, c'est Roger Ambugue, le clerc de chez Bridel. Il va s'asseoir au bar en me faisant un discret signe. Jamais, bien sûr, je l'ai rencontré, mais sa gueule marquée et franche, sa tête presque rasée et sa carrure de déménageur, on s'en souvient quand on va étudier un coup.

— Je suis venu vous voir, il dit comme ça, lorsque je l'ai rejoint, parce que je ne savais pas où contacter votre père. Comme je vous ai vu entrer, je me permets...

— Vouais, je fais, pas ravi de cette intrusion. J'aimerais autant qu'on ne nous voit pas ensemble...

— Je m'en doute, mais il y a du nouveau et urgent. Le vieux a passé un coup de fil à mon patron ce matin. Il veut le fric pour ce soir. Maître Bridel enverra le coursier à la banque dès l'ouverture cet après-midi. Et tenez-vous bien, c'est vingt millions qu'il lui faut cette fois-ci...

— Evidemment, je soliloque, ça valait la peine de faire un détour. Mais ça ne nous laisse guère de temps. Il va falloir improviser et mon père, il n'aime pas beaucoup l'improvisation.

— C'est à prendre ou à laisser, dit-il un peu sèchement. Je n'ai pas envie d'attendre encore un mois. Vraiment ras-le-bol des paperasses et des gueules de citron avarié des collègues de bureau. Class, je décroche.

— Bon, je fais en l'adoucissant d'un clin d'œil, j'avise. Vous permettez, je vais téléphoner.

Je me dirige vers la cabine et appelle Alfred qui, par bonheur, est bien chez lui, et pas seul à ce que je puis en juger d'après la voix qui me répond d'abord. Ou peut-être que papa mange trop de poulets aux hormones et qu'il est en train de muer. Mais ça, ça m'étonnerait. Je le mets au courant de l'évolution de la situation, à mots couverts, et, par une phrase tout aussi anodine, il me signale qu'on tente le coup à trois heures, mais que des vieux cons capricieux comme notre futur mécène, il voudrait les voir moins bandeurs et plus sérieux sur les dates.

Je dis gi à notre aimable informateur et comparse qui se détend. Je me fais confirmer que c'est à trois piges juste que le personnel part à la conférence patronale.

— C'est un ponctuel, Maître Bridel, répond-il. Vous arrivez à trois heures dix, vous prenez vos dispositions. Au quart, j'attire mon notaire dans la pièce au coffre, et vous opérez.

— Il n'y aura personne à l'entrée?

— Affirmatif. D'ailleurs il arrive souvent que des clients viennent pendant le *briefing*. Ils s'assoient dans la salle d'attente qui est attenante au bureau principal. Juste une porte vitrée qui sépare les deux pièces. Fermée au verrou bien sûr, car on peut quand même pas laisser les dossiers à la vue de n'importe qui. Mais ça ne doit pas être un problème, en cassant la vitre, vous pouvez passer le bras et l'ouvrir.

— Cela fait du bruit...

— Les bureaux des notaires ont des portes matelassées.

O.K., tout a l'air correct. Il se trisse en roulant des épaules, ce qui, chez lui, n'a rien d'affecté. Je reviens vers Martine qui se désole, en m'attendant, de voir la poularde refroidir. Luc, lui est furieux et hurle .

— C'est bien vrai ce qu'ils chantent les Français : les pommes de terre pour les cochons, les épluchures pour les Bretons. Plouc, tu mériterais que je ne te serve plus que des conserves!

— Chérie, je dis à Martine, sans plus m'occuper de l'énergumène, j'ai un petit boulot à faire cet après-midi. Un secrétaire en bois de rose, une vraie merveille à voir; je vais te laisser. Tu resteras sage à la maison en m'attendant. N'ouvre à personne.

Elle me croit comme si un gardien de la paix lui bonnissait d'un coup qu'il est intelligent. Le secrétaire en bois de rose, elle l'imagine plutôt secrétaire du Crédit Lyonnais avec la bath mallette sous le bras. Mais comme elle est bien élevée, elle ne relève pas le boniment voyou. Juste une ombre passe dans ses mirettes royales, le nuage triste sur sa journée.

On termine de briffer en silence, et Luc remballe ses couenneries maritimes en voyant que le moral gaze pas et que l'appétoche est comme l'intendance en 40 : ne suit pas...

Je la dépose à deux heures à ma garçonnière, elle m'embrasse tendrement, et c'est tout juste si elle me recommande pas d'être prudent. Mais peut-on dire d'être prudent à un garçon qui va négocier un secrétaire Louis XV?

Je vais chercher Alfred chez lui. Il a viré sa dame de compagnie et s'habille pour l'expédition. Assavoir que comme moi, il revêt un pullover à col roulé qui permet, une fois déplié, de cacher le bas du visage, chausse des mocassins souples et passe un imperméable du genre ramasse-poussière très pratique pour porter, crosse repliée, la mitraillette M.P.40 qu'il est allé prendre tout à l'heure à la maison des bords de Loire. Quant à moi, je m'équipe d'un revolver Colt en 38 special « Army », le barillet occupé moitié par balles blindées, moitié par balles « mild ranch » qui vous font, à dix mètres d'un monsieur, des trous gros comme le poing. Tout ça, of course, c'était par pessimisme, au cas improbable où tout foirerait et qu'on verrait débarquer d'une Estaffette grillagée, l'escouade vengeresse des tireurs à képis.

Pour ce coup là, on n'avait même pas à lever une voiture. On allait garer la D.S. d'Alfred à cent pas de l'étude et piétonner comme deux braves boulots jusqu'à l'entrée. La bagnole chouravée, c'est bon quand on doit turbiner à l'arraché, se carapater sous l'œil du badaud, mais là, tout en douceur et dans l'incognito que c'était, ça s'imposait vraiment pas.

A trois heures craquantes, on était à pied d'œuvre. Papa referme soigneusement son cache-poussière et assujettit la bretelle de son arme sur son épaule. On descend tranquilles et le pas mesuré pour se diriger vers la bâtisse noire qui abrite l'étude de Maître Bridel. On a d'abord une cour à traverser et on arrive devant la porte que je pousse d'une main ferme.

Maquarelle! Il y a dans la salle d'attente, deux pécores qui lorgnent la petite pancarte : « Fermé pour une heure — conférence. » Ils ne nous ont pas encore vus, occupés qu'ils sont à commenter :

— ... conférence, conférence...? Comme si j'avais le temps, crénom, d'attendre après une conférence.

— C'est comme moi, j'suis au marché, j'y prends cinq minutes à perdre de la clientèle pour voir le Bridel...

On n'en saura pas plus long de cet échange de vues campagnard parce qu'au moment où ils allaient se retourner, ils se sont retrouvés chacun gratifié d'un coup de crosse sur l'occiput. Un beau doublé de ma part, à peu d'intervalle. Ils s'écroulent, infiniment surpris des malhonnêtetés de la grande ville. Je passe vite mon poing ganté à travers la vitre, tourne le verrou de l'intérieur et entre comme un conquérant, suivi de papa qui se couvre déjà la figure de son col. J'en fais autant, et nous nous postons de chaque côté de la porte rembourrée d'où doivent sortir, dans pas cinq minutes, l'ami Ambugue et son patron.

C'est ça le plus éprouvant, l'attente. On gamberge, toujours et forcément traqueurs, celui qui connaît le métier et dit le contraire est un fichu menteur. En face de moi, Alfred, masqué et sulfateuse en pognes, immobile comme un grand arbre, n'a rien de rassurant. J'imagine qu'il doit en penser de même à mon propos. Il me cligne des chasses, et la porte s'ouvre.

Maître Bridel paraît, suivi d'Ambugue qui lui coupe ainsi toute possibilité de retraite. Il ne réalise pas tout de suite, le cher Maître, tandis que Roger, instantané, lève les bras aux poutres. Il n'ose comprendre, le bilieux tabellion; son maigre visage semble dire : « Oh, l'aimable plaisanterie... les amis du Lion's qui me blaguent, les mutins!... »

Il entrave enfin la coupure en recevant le canon de la M.P. au creux de l'estomac. Ça y est, il lève enfin les ailerons, gris comme un matin anglais :

— Mais qu'est-ce que c'est?

Je prends la petite clé dans son gousset et la lui tendant respectueusement, je montre du doigt le gros coffre au fond de la pièce :

— Va ouvrir, pépère.

— Mais... vous n'avez pas le droit...

Alfred répond à cette évidence par un haussement d'épaules et lui dit « vite! », d'un ton méchant, en lui passant le canon de la mitraillette sous le nez comme s'il voulait lui faire humer un bon cigare. Bridel appelle au secours son clerc d'un regard mouillé, mais ce dernier semble paralysé au mépris de toutes les traditions parachutistes. Bridel se décide à trotter vers le coffiot, s'agenouille tremblant en priant le dieu Fichet et Cie de lui pardonner cette offense et forme la combinaison. Puis il prend la clé, s'y met à deux fois pour l'introduire dans la serrure et la tourne, défait davantage de seconde en seconde. Je l'écarte d'une bourrade, et il atterrit juste entre les pieds d'Alfred qui le cueille au vol d'un plat de main sur sa frêle nuque, pas trop fort car nous ne voulons pas la mort du pêcheur. Pendant ce temps, j'entasse avec méthode et célérité les jolies liasses de biffetons dans un sac marin attaché à l'épaule sous mon pardeuss'. Ambugue n'en moufte pas une et quand j'ai fini mon travail d'emballeur, il me montre son menton d'un doigt qui ne tremble pas. Je lui mets un vrai direct, soigneux paquet, en lui murmurant : « vive Bigeard » car j'ai des usages. Puis pour faire plus impressionnant, je lui entaille le cuir chevelu d'un coup de crosse horizontal qui fait jaillir un peu le sang.

Beau tableau réaliste quand les autres employés, inquiets de ne pas les voir revenir, vont se pointer et trouver les quatre bonshommes dans les vapes. Il va y avoir de la pâmoison de dactylo. On s'en va vite sans attendre de pouvoir s'amuser de leurs réactions, parce que, naturellement, on peut pas assommer tout le monde, ça ferait jaser.

Dans la salle d'attente, on baisse les cols, on planque l'artillerie et on sort sur les pavetons de la cour comme si on venait de discuter partage de biens avec le notaire. Ct'e bonne blague!

—Tu vois, ça a bien marché, qu'il me dit papa une fois qu'on roule en faisant bien gaffe aux priorités à droite, et même à gauche.

— T'es un vrai chef, Alfred. Des comme toi, on n'en fait plus...

— Mais si, qu'il sourit en prenant un ton docte. Il y a toi.

Ça, c'est un compliment ou je ne m'y connais pas. Et Alfred de repartir sur son dada qui est de vitupérer la nouvelle génération du gangstérisme, impulsive, follette et inconséquente :

— Tu vois, les jeunes de maintenant, ils seraient bien incapables de réussir une affure comme celle-là. Ils ne pensent qu'à tirer dans les coins, ne sont jouasses que si on leur résiste pour pouvoir envoyer la fumée. Et que je te dessoude du père de famille à pleines voiturées, veux-tu que je te dise, ces gamins-là, ils vont trop au cinéma et les scénaristes, ils nous gâchent le métier...

Je rigole, c'est toujours comme ça avec papa au retour d'un coup. Il provoque la détente, dénoue l'appréhension. Pure psychologie.

Malheureusement, la psychologie, ça n'a rien à voir avec la devinaille et, en arrivant au studio de papa, on a l'intense surprise de se retrouver nez à nez (si j'ose dire) avec deux impressionnants calibres prolongés de silencieux. Les deux gnaces qui brandissent ces joujoux ont des gueules de cauchemar élesdien, avec le rictus de rigueur en telle situation. Le pire pour Alfred, c'est que ces deux affreux ont mis leurs pinceaux respectifs sur une paire de bergères Louis XVI que je lui ai dégottées et auxquelles il tient beaucoup, surtout quand il s'est aperçu qu'il fallait près de deux cents sacs pour les recouvrir, ces bergères :

— Otez vos pattes négroïdes de là, il clame. Vous

êtes pas dans un boxon ici. D'ailleurs, marque Ricard a interdit...

Car papa qui confond volontiers le Gréco avec une chanteuse en mal d'existentialisme, ne veut pas se souvenir de la malhonnête qui a privé tant de ses amis de leur gagne-pain quotidien et écorche son blaze avec plaisir. C'est manière de causer pour que, pendant ce temps, je cherche l'embellie propre à maquerauter les deux malfrats qui sont, sans aucun doute possible, du gang des Yougoslaves.

— Jacte pas tant, vioquard, et défouille-toi, que dit le plus gros.

Je sais pas depuis combien d'années il est en France, cézig, mais il a drôlement annexé l'argot. A croire qu'il a lu le « dictionnaire de la langue verte » et « la méthode à Mimile » avant de fracturer la lourde à mon dabe. (Voilà que je m'y mets, moi aussi, au folk-lore.)

Papa s'avance et se fait proprement délester de sa chère M.P.40 tandis que le second malfrat me dépouille du Colt.

— Vous vous doutez pourquoi nous est là? qu'il interroge dans son sabir rocailleux, le plus gros des deux.

— Non, murmure papa, l'œil vicieux. Pour les vœux de nouvel an, peut-être, mais vous avez un peu d'avance. Revenez dans six mois.

Ça ne plaît pas du tout au gros; ça lui fait même ressortir sa petite vérole. Ce mec est un nerveux et comme son acolyte est du genre faux calme, je nous vois pas beaux à servir de silhouette de tir pour, somme toute, un manque d'humour.

— Faudrait pas nous prendre pour les couillons, qu'il jappe le gros grêlé. Tino le Fausset (il prononce « le fôssè ») il n'être pas ladja cet matin au rencard. Il vous a affranchis sans doute. Il être déjà peut-être croumi....

Le difficile pour moi, c'est de m'approcher en discrétion sinueuse jusqu'à la potiche (d'ailleurs de mauvais goût), un peu à droite, sur un guéridon. Alfred voit bien la manœuvre à venir et fait causette, sans agressivité :

— D'ailleurs, dit-il, je parle pas à des types dont je connais pas le nom.

— Pour ce que ça va te servir, ricane le gros. On m'appelle Stefanovick, on y ajoute même une qualificative vexante, mais je te le conseille pas de le faire, ça ne servirait qu'à souffrances inutiles.

J'en suis plus qu'à un mètre de cette horreur de faïence, prêt à bondir dès le moment favorable. Le gros rigole, sadique, en fixant papa d'un œil gourmand et le petit est fasciné par l'assurance d'Alfred. Qu'on puisse être aussi courageux, ça le dépasse; il raconterait ça à Belgrade, Tito le ferait emprisonner pour atteinte au moral du pays. Lui, dans un cas tel, il aurait déjà fouaité dans sa culotte. Je vais pour m'élancer que la porte s'ouvre...

Un petit gniace paraît, gueule de fouine et museau au vent, qui roule des airs importants de messager extraordinaire. Il s'adresse au gros en yougo, nous désignant du menton à plusieurs reprises. Le véro-

leux éclate d'un rire énorme et nous interpelle :
— Une homme précieux, ce Milo. Il vous a filé et s'a demandé ce que vous branquillâtes chez un notaire. Heureusement, il attendre et a vu cognes arriver en une grande rescousse. Les gens de la rue ont dit que vous fauchâtes deux cent mille francs...
— Des couilles, cher Stefanovick, des salades de mythomanes.

Alfred essaie de rendormir l'adversaire tandis que le fouinard me palpe et rapporte triomphalement à son enculé de patron le sac de plage bourré jusqu'à la gueule. Dans le mouvement, je me suis encore approché de cinquante centimètres.

— Ah, la splendide journée, expectore le grêlé de mes... tèque..., l'argent elle tombe du ciel et les Cloarèche ils tombent en ma pouvoir.

Papa, il aime pas deux choses : la soupe au tapioca et qu'on écorche son nom en sa présence. Vous me direz qu'il se prive pas d'écorcher ceux des autres, mais je répondrais que ça n'a rien à voir. Il se fâche, là pour le coup. Il estime que, quand on tient deux hommes à sa merci, on peut se montrer un peu généreux, qu'il faut pas piétiner le truand à terre. Il le noie sous l'engueulade calculée à la règle sensible de la psychologie; comment qu'il le trouve pitoyable le Stefanovick, v'la qu'il se gênerait maintenant que l'autre allait nous trucider, qu'il se priverait de lui dire que sa petite vérole, elle lui donnait envie d'aller au refile, qu'un minus comme Milo la belette, ça lui faisait extrêmement douter de la réussite de leurs entreprises, à ces ordures de

Yougosses. Que le petit, là, oui, sur le canapé, il lui faisait penser à une tantouze qui croûtonnait dans les anciennes vespasiennes de Pigalle.

La diversion marchait sur de chouettes roulettes. Ils se redressaient, ces naves, en matant papa d'un air susceptible, leur amour-propre fouaillé par les insultes paternelles que personne, effectivement, aurait pu supporter. Je les intéressais pas du tout, ce qu'ils voulaient, et immédiat, c'etait des rondelles d'Alfred Le Cloarec à se mettre dans la dent creuse.

Là, sûr, était leur grossière erreur, et ils s'en sont bien rendu compte quand la potiche les a pris aux poignets, en enfilade, et leur a fait lâcher leurs pétoires sur la moquette. Ils y pensaient encore, à la tiédeur des crosses dans leurs paumes que papa et moi, qui avions plongé, on les braquait déjà, un calibre dans chaque pogne, et le pied d'Alfred sur la M.P. qu'il voulait pas laisser à la proximité de ces enviandés.

S'ils étaient tous aussi couennes que ceux-là, les Yougoslaves, mon avis était qu'ils étaient pas prêts de faire la loi en France. Comment qu'ils allaient se marrer les gônes, les jules de Nantes ou de Saint-Etienne, les durs de la Marsiale, en voyant débarquer de tels guignols.

Seulement, on savait pas quoi en faire sur l'instant de ces méchantes terreurs, c'est ce que papa me disait en breton, notre langue secrète. Les remettre dans la nature, c'était le cirque assuré pour le soir-même, le grand rodéo au finish dont on se sortirait peut-être pas aussi bien. On a fini par décider de nous se les ligoter et d'attendre la nuit pour les promener à la campagne, un par un, en ordre selon la hiérarchie. Papa, pour ça, il est équipé. Des cordes en nylon et du sparadrap, il en a de quoi immobiliser un bataillon. Avant de leur coller la moustache, je leur ai demandé, par acquit de conscience, si c'était bien eux les vachards sulfateurs à la D.S. Rien qu'à voir leur air furibond et le regret de m'avoir loupé qui se lisait dans leurs yeux, ça faisait aucun doute... Dont acte.

J'ai laissé papa avec ses enssaucissonnés, ponctionné six briques et demie dans le sac de plage et après un viril poutou-poutou filial à Alfred, je me suis dépêché d'urgence vers Martine qui devait tourner chèvre à m'attendre comme ça dans l'anxiété aimante.

— J'étais inquiète de pas te voir revenir, André. J'avais si peur...

Elle commençait, Martine, alors qu'on se connaissait que depuis la veille, à donner dans le travers des femmes qui s'imaginent donner une preuve d'amour à leur mâle en le chouchoutant à l'extrême. Et encore, cette môme-là était discrète, mais dans la manière générale, bien pareille à ma défunte mère ou à 'Gorine qu'avait toujours les flubes que je m'enrhume. Comme disait un vieux copain à papa, un franc-voyou, celui-là, qui s'intéressait à ma jeune carrière : « Tu seras jamais un vrai truand tant que tu porteras des pullovers tricotés par ta mère ! »

Pour sa belle gentillesse, à Martine, je pouvais passer sur l'impair, mais il ne fallait pas trop y revenir, c'est ce que mes yeux exprimaient, et elle l'a fort bien compris. Pour la psychologie, les nanas, elles rendraient des points à Alfred. Je l'ai informée que, ce soir, on sortait pour de vrai, qu'elle devait se faire encore plus belle si c'était possible et qu'en attendant, histoire qu'elle prenne l'air, on allait à la campagne.

On est partis comme deux gamins follets, vers le grand bois qui ceinturait la ville. Purs comme des esprits, on a couru sur la mousse, chahuté sous les frondaisons et cueilli des bleuets pour effeuiller au pied de notre lit. Vers six heures, affamés, fourbus, on est vite rentrés pour se changer, même qu'on n'a pas eu le temps de s'envoyer en l'air. Mon intention était de l'emmener dîner au *Nègre* qui, malgré son nom tarte, pratiquait une cuisine notée avec bienveillance par Messieurs Michelin, Gault et Millau. Avant, bien sûr, fallait prendre l'apéritif avec Luc, ne serait-ce que pour savoir les nouvelles fraîches et ne pas vexer ce brave mataf.

Le *Triomphal* était bourré à craquer quand on est arrivés, main dans la main.

— Hé, qu'il m'a interpellé, je pensais bien que vous viendriez. Je vous ai réservé la table du maître.

— T'es chouettard, Luc, mais on vient juste se faire offrir l'apéro. On graine ailleurs, mon pote. On est contre la gargote ce soir...

— De quoi, il a rugi, vexé, et où ça, s'il te plaît?

— Au *Nègre*.

— Chez ce fumier. Il fait de la conserve...

Ça pour Luc, c'était l'injure suprême à l'encontre de ses collègues. Il prétendait, et il avait pas tout-à-fait tort, que le fer blanc c'était du néfaste à la puissance dix.

— Pourtant, il est dans le Michelin, je fais, fielleux. Pas toi...

— Va te faire voir, eh pourri, il me lance en pleine rogne. J'ai pas les moyens de les rincer, moi, les champions du pneumatique...

Ce qui à mon sens était parfaitement injuste et nettement diffamatoire.

Tout en échangeant ces aimables propos, on laissait pas le clapet dans l'état où le chansonnier eut souhaité voir les chaussettes de l'archiduchesse. Martine nous écoutait en souriant. La Toune vint nous rejoindre dès que le trèpe se bouscula un peu moins et salua Martine de civile manière. Pourtant, en général, Toune qui est une chouette copine, ne gobait guère mes conquêtes. Ça me prouvait une fois de plus, cette aimable réaction, que j'avais tiré le bon numéro.

— Alors, Toutoune, je la charriai, qu'est-ce qu'il t'a dit ton tripoteur d'ovaires?

— Que c'était de ma faute, grand con. Les spermatozoïdes étaient encore vivants à l'arrivée, malgré la suspension du wagon S.N.C.F.

— Et alors, pour quand le polichinelle dans le tiroir?

— Après l'opération, le mois prochain.

— Ben, ça s'arrose, ça, Luc! Tournée générale du

patron, je clamai à la cantonnade. Ces drôles-là nous promettent un petit mousse pour dans dix mois.

Luc alla en maugréant contre « les certains qui en prennent vraiment trop à leur aise » servir la tournée sous les acclamations de la clientèle. En fait, comme je le connaissais, mon bougre, il était rudement jouasse, et moi, j'avais bien du plaisir à les savoir bientôt chargés de famille.

— Dis donc, qu'il me dit, Luc, en revenant à notre table, il s'en passe de dures dans cette ville. Hier soir, fusillade à la sortie du cinéma Palace et puis cet après-midi, un hold-up chez Bridel. C'est un flic qui m'a rencardé t'à l'heure. T'es au courant?

— Moi tu sais, je réplique hypocrite, je suis en plein amour, je m'occupe guère des faits divers...

— Il paraîtrait d'après l'inspecteur que c'est un gang qui serait arrivé de Paris qui remue le secteur comme ça.

— C'est ça, je dis, au titre de la décentralisation criminelle...

— Ils ne savent même pas sur qui on a tiré hier soir!

« Bonne chose », je murmure in-petto.

— Ils en auraient sorti pour vingt briques de chez Maître Bridel, reprend Luc qui est vraiment une gazette tout à fait digne de confiance... Des fortiches!

Il me semble que Martine pige trop bien, rien qu'à la façon attentive qu'elle a de poser ses coudes sur la table. Je n'ai pas le temps de trop m'interroger sur sa rapidité d'esprit parce qu'un rétrogradage bruyant m'accapare l'instinct et que ça pète soudain dans le troquet comme un quatorze juillet sous la IV°.

La vitrine descend de droite à gauche, suivie de peu par la porte vitrée. Le staccato rageur d'une « machine-gun » emplit souverainement le *Triomphal* et fige les caves lichetronneurs. Je suis déjà par terre, Martine dans mes bras (Elle va croire que c'est une manie!) et en compagnie de Luc à qui la fréquentation des terrasses d'Alger a donné des réflexes mirifiques.

Tout cesse brusquement, comme si on avait rêvé, comme si le bourdonnement qu'on a dans les oreilles ne provenait que du « bang » d'un avion à rase-mottes. On pourrait le croire, seulement, la Toune est par terre, cassée en deux par la rafale, son ventre qu'allait être si fécond est béant, scié par l'acier, sanglant.

Deux clients ont morflé et se tordent sur le carreau, semblables à des lombrics sous le canif d'un gosse sadique. Les autres consommateurs sont figés par la terreur, par l'incompréhension. Luc se relève, très pâle, me regarde, les mâchoires contractées et me dit, tournant délibérément le dos au cadavre de la Toune :

— Salaud. Tire-toi avant que les poulets rappliquent. Mais reviens après. On a sûrement des choses à se dire.

J'entraîne Martine, sans trop savoir où je vais, tant j'ai les yeux brouillés par les larmes. C'est elle qui me guide vers la Jaguar, qui prend le volant et décolle vers le studio. J'ai un gros chagrin d'être la cause de la mort de Toutoune et, surtout, j'y pige rien du tout. Je croyais les tueurs neutralisés, sous la bonne garde de papa, et voilà que le western recommence! D'un coup, je vois un truc qui me fait mal. Les Yougosses se sont échappés. Comme Martine stoppe devant mon immeuble, je lui dis de repartir, lui indiquant le chemin à suivre pour aller chez Alfred.

Avant de sortir de la bagnole, j'arme l'automatique extra-plat et enlève la sûreté. Ça va être le vrai massacre, j'en ai marre d'être le pigeon dans cette affaire, pigeon d'argile qui d'un coup de ressort va deci-delà, sur la ligne de mire de sanguinaires ball-trappeurs.

J'enfonce plus que je n'ouvre la porte. Il n'y a plus personne, juste des cordes et des morceaux de sparadrap sur la moquette. Alfred envolé, avec ses prisonniers. Ça appelle tout de suite, cette situation, la pensée que tout s'est retourné et pas en notre faveur, mais je dois dire que je suis un peu rassuré de pas voir mon père. Je l'aurais trouvé, que ç'aurait été, officiel, à l'état de cadavre. Qu'il soit pas là, ça me rassure un peu.

— Alors, qu'elle me demande Martine, tout va bien?

En voilà une qui aura passé le ouiquende mouvementé, de quoi faire mouiller ses collègues classeuses de bouquins. Pour pas trop de mourron, je lui bonnis :

— Il m'a laissé un mot, papa, tout est au poil.

J'en suis pas si sûr que ça, et en la laissant à l'appartement, je lui recommande encore une fois de n'ouvrir à personne, très strictement. Puis je me hâte vers la maison des bords de Loire où j'ai du gadget à prendre. Le fignolage, c'est fini, maintenant on passe à l'action de choc. Tant pis pour la casse!

IV

En revenant, lesté comme un fifi après la Libération, je prends la rue Bardamu dont le principal ornement est le *Triomphal*. Mais la simple vue de la Peugeot noire hérissée d'antennes me fait saisir la tangente, et vivement, on peut me croire. En attendant qu'ils décarrent, ces empêcheurs de vivre en rond, je redescends au *Caveau* où on discutaille ferme sur tous ces beaux événements qui secouent la province. Manquerait plus que Tino le Fausset fasse surface! c'est pour le coup que le filet que je sens de plus en plus se refermer sur moi serait clos de première. Je me commande un Perrier, la décrasse, et écoute ces fins imaginatifs commenter à leur manière le mitraillage du *Triomphal* :

— Pour moi, dit un chevelu frénétique que l'on peut sans conteste ranger dans la catégorie du gauchiste intégral, c'est un coup des fafas. Ils redressent la tête, ces salauds. C'est le coup du Reichstag qui recommence.

— Sottises, intervient un individu à bottes de cheval qui doit préparer « Corniche », c'est une provocation des bolchos contre un ancien de la Marine...

— C'est peut-être une fuite de gaz, hoquète le fils. Leval qui essaie entre deux vins de fixer sur son polaroïd les couples illégitimes dans les boîtes et se fait généralement botter le cul.

Quand l'inspecteur Carteret fend la tabagie pour s'avancer vers le comptoir, ils s'écartent tous, l'oreille tendue, comme s'il apportait au creux de ses mains, la Vérité Officielle complètement à loilpé. On se connaît, tous les deux; c'est lui qui contrôle tous les ans mon livre de brocante et paraphe le joli timbre fiscal à dix balles que je ne manque jamais d'y coller. C'est à moi qu'il en a, sourire en coin :

— Bonjour, monsieur Le Cloarec, je suis assez surpris de vous voir ici... Comment diable se fait-il que vous n'assistiez pas votre ami Luc dans ces pénibles circonstances?

— J'attendais, inspecteur, que l'enquête soit terminée. Je suis passé tout à l'heure devant le *Triomphal* et j'ai vu que vos hommes étaient encore à la tâche. J'ai préféré, pour réconforter Luc, que nous soyons seuls.

Prends toujours ça dans les gencives, poulet. Si tu m'as vu passer tout à l'heure devant le troquet de Luc et pas m'arrêter, t'as maintenant du logique à croquer... Je prends l'initiative en lui laissant pas le temps de récupérer :

— A quoi attribuez-vous cet horrible drame, inspecteur?

— Ma foi, qu'il répond Carteret, je n'en sais trop

rien... J'avais comme une idée que peut-être vous y étiez mêlé, mais il n'en est rien, bien sûr?

Qu'est-ce que c'est que ce vanne affreux? Il me considère d'habitude comme un commerçant, sans doute il me soupçonne d'un peu traficoter, mais de là à me mêler de but en blanc à un règlement de comptes, il y a lerchem... Attentif soudain, il guette mes réactions. Je reste de marbre, l'air ennuyé et péniblement surpris de ce genre d'allusion à laquelle, apparemment, je ne comprends goutte.

— Enfin, conclut-il avec un soupir, on est sûrement appelés à se revoir, vous et moi.

— Comment ça? je contre-attaque.

— Mais... pour votre commerce, bien sûr! Qu'alliez-vous imaginer!

Je la boucle, et il s'en va, suivi par les regards curieux des noctambules qui n'y pigent que couic, c'est-à-dire, à peu près autant que moi.

J'entrevois bien une méchanceté dans la manière yougoslave, le coup de téléphone anonyme qui signale que « peut-être... enfin... je vous dis un truc qui peut vous intéresser... » et qui, effectivement, met la puce à l'oreille des poulardins qui, Dieu merci, ne croient pas totalement les « amis qui leur veulent du bien » mais contrôlent toujours leurs affirmations. Quand je disais que la nasse se fermait... Je douille mes deux scotches et pars à pinces vers le *Triomphal*, pompé comme ne le sera pas le vieux bandeur aux vingt briques qui, ce soir, devra faire ceinture ou convaincre les putes de bosser à crédit.

Luc m'attend dans son appartement, au-dessus du

bar où il a un peu remplacé les vitres par des cartons et des planches. Effondré dans un fauteuil, l'air complètement schlass, mais je ne m'y trompe pas si les flics s'y sont gourés; l'œil est vif, et, quand il me serre la main, c'est ferme et sec comme une planche à laver à la retraite.

— Assieds-toi, vieux. Tu veux boire quelque chose?

Ça a un peu changé tout en bien depuis l'après-fusillade. Il semblait m'en vouloir à mort; maintenant, en homme qui a du ressort, il ne pense qu'à la peau des fumiers. Je lui dois la vérité, entière, de A jusqu'à Z. Je le vois transformé en fauve quand j'ai terminé mon récit. Il y a trois heures, c'était un paisible commerçant, un peu blagueur, très soupe-au-lait; à ce moment, c'est un tueur lucide et froid qui se lève de son fauteuil, va fouiller dans une commode et en ramène son arme favorite : un Luger au bronzage impeccable qui luit comme une bête dangereuse au creux de sa main :

— On y va, André, t'es paré côté armurerie?

— Tu verrais ce qu'il y a dans la Jaguar, tu rigolerais... Où va-t-on, au fait?

— Au *Croissant doré* à Azé. C'est là que tes Arméniens sont descendus. C'est là qu'on va les descendre.

— Comment tu sais ça, Luc?

— C'est chez un fermier à côté du bled que j'achète ma poulaillerie. Cet après-midi, en allant me ravitailler, j'ai vu les deux gars qui t'avaient demandé hier, entrer dans cet hôtel.

— Tu me l'aurais dit...

Je m'arrête, sentant que j'allais dire une couillonerie. Je pouvais pas deviner à l'heure de l'apéro que les énergumènes allaient ficher le camp, entravés comme je les avais laissés. Quand même, j'objecte :

— Ils n'ont tout de même pas embarqué Alfred dans ce dortoir. Ils sont plus là, c'est certain...

— T'as une autre piste? qu'il me rétorque Luc.

Je dois convenir que non, et nous voilà partis pour Azé, après avoir bien gaffé les alentours afin de s'assurer qu'aucune flicaille rôdeuse n'a le *Triomphal* à l'œil.

J'aurais bien voulu pouvoir m'arrêter chez moi afin de rassurer Martine, parce que à force, elle va me prendre pour un goujat, mais l'élan de Luc est infreinable; vouloir le raisonner dans l'état où il est, c'est pisser dans le violon.

Après dix minutes de route et de silence (mon Dieu...), Luc bloque sa R16, dans laquelle j'ai transvasé mon petit matériel, devant un bâtiment sombre en pleine cambrousse, le *Croissant doré*, un truc qui me paraît aussi sympathique que la ligne Maginot. Il va d'un pas plein d'énergie carillonner à la lourde, du bois clouté, large comme trois mains. Ça s'allume au rez-de-chaussée (Il y a trois étages.) et la voix chevrotante d'un vieillard bronchiteux me parvient :

— Est-ce que vous avez trois Arméniens chez vous? interroge rudement Luc.

— C'est pas des Arméniens, je lui souffle, mais des Yougoslaves...

— Qu'est-ce qui se passe, quéquignia? répète pour la troisième fois l'essoufflé bonhomme.

— Police, chuchote Luc, qui lui, par contre, ne manque pas de souffle!

Le vioque entrouvre son huis avec précaution, pas encore rassuré. Quand il voit la tronche de Luc, ça l'inquiète encore plus, puis il doit conclure intérieurement que les flics sont des truands qui ont mal tourné et, réciproquement, qu'on ne doit pas juger les gens sur leur physique ou autrement il n'y aurait même plus de ministres, et nous fait entrer un peu plus gentiment.

— Alors, reprend Luc, trois hommes d'aspect étranger, ça te dit quelque chose, débris?

Là, le proprio ne doute plus. Il n'y a qu'un poulet pour être aussi mal embouché :

— Chambre 24.

— Et ils sont là? je doute. Quand ils sont rentrés, avaient-ils un autre homme avec eux?

— Non, non, juste tous les trois.

— Bon, on y va, s'impatiente Luc...

— Mais, bavoche le vieux, vous avez un mandat pour venir comme ça en pleine nuit?

— Oui, répond Luc en l'étendant d'un crochet du droit au foie.

On tire sur nos visages le col de nos pulls et on monte l'escalier en silence, jusqu'à la chambre 24, au second étage. Je chuchote, vraiment inquiet, qu'il faudrait en garder au moins un vivant pour savoir ce qu'ils ont bien pu faire d'Alfred. Luc a un mouvement agacé : « On verra ». Il frappe.

— Qu'elle y a? s'inquiète la voix de Stefanovick.

— Police, répète Luc qui pousse un peu trop le gag à mon avis.

C'est aussi l'opinion des trois voyous qui envoient la fumée à travers la porte. J'ai eu juste le temps de tirer Luc par la manche avant que les bastos ne creusent une deuxième tranche de gruyère.

Ça sort déjà dans le couloir, des têtes effarouchées qui rentrent précipitamment à la vue du Luger que brandit mon ami le troquet.

— Reste-là, je lui dis. Continue à les amuser. Je fais diversion par la fenêtre. Sitôt que ça pète, tu fais sauter la serrure et tu fonces sur ce qui restera.

— Exécution, rigole-t-il.

Je redescends vivement et vais prendre ce qu'il faut dans la voiture. Je repère la chambre des malfrats. Une chance, les volets ne sont pas fermés. Ils pensent bien, ces cons, être protégés par les étages.

« A la une, à la deux, à la trois! »

La goupille enlevée, la grenade monte en belle courbe précise, brise les carreaux et allume le feu d'enfer dans leur carrée. Une grenade au phosphore, ça pardonne rarement. J'entends tirer là-haut, des cris de terreur et de douleur. Tout le second étage flambe déjà. Luc a dû s'occuper de faire évacuer les clients de l'hôtel qui sortent pas encore bien réveillés, mémés en vêtement de nuit, bigoudis, pépés hirsutes et pâles. Il arrive enfin, les cheveux roussis, les sourcils qui pèlent, son costar à moitié brûlé, portant sur son dos le corps inanimé de l'ami Milo. J'espère pour le proprio qu'il a une bonne assurance. Il pourra toujours se faire reconstruire le *Ritz*. Le feu prend au premier étage quand je fais ma manœuvre pour repartir vers la ville.

— Les autres? j'interroge Luc.

— Crounis. Le gros et la petite tatouine étaient en plein bonzage (Il rit de son bon mot.) quand je suis entré. Je leur ai épargné quelques souffrances inutiles. Celui-là était planqué derrière une commode qu'il voulait tirer devant la porte. Ça l'a protégé. Il n'est qu'évanoui.

— J'aurais préféré Stefanovick. Enfin, on fera avec ce que l'on a.

M'est avis qu'il va falloir maintenant jouer très serré. La Maison Poulaga ne va pas supporter très longtemps d'arriver toujours comme les carabiniers. Ils vont bricoler dare-dare dans l'initiative brutale. Les blâmes doivent voler très bas, cette nuit. Des tas de gens peuvent m'identifier : les clients de chez Luc qui m'ont sûrement reluqué, le patron du *Croissant doré,* tous de bonne foi et qui ne manqueront pas d'intéresser vivement les méninges suspicieuses de l'inspecteur Carteret... Je le dis à Luc.

— Mets-toi en cavale, qu'il suggère, très simple.

— Tu t'y crois, mec. Une cavale, ça s'improvise pas et ça coûte un peu chéro. Je peux pas retourner au studio, donc pas de pognon; la maison de campagne, les flics la connaissent aussi, tout ça est déclaré; la Jaguar est trop retapissée pour que je puisse m'en sortir, et je ne sais même pas si Alfred est encore vivant.

— Alors, qu'est-ce que tu vas faire? s'est inquiété Luc.

La divine surprise. 3.

— D'abord réveiller cette ordure de Milo et savoir au juste ce qu'ils ont fait d'Alfred.

L'ordure en question s'est réveillée toute seule, larmoyant, à merci :

— Vous avez tué Riri, qu'il a pleurniché...

— Qui ça Riri, j'ai demandé en me pinçant pour voir si je rêvais pas.

— Mon copain, celui qui vous attendait avec Stefanovick.

Elle est sévère celle-là. Alors, c'est la mode, maintenant, d'en croquer à la retournade chez les truands? Riri, la bonne copine! C'était trop délicieux, chère fiotte, le dérèglement des mœurs chez ceux qui depuis des siècles incarnaient aux yeux des caves la virilité parfaite. Paris tournait lupanar au hammam vaporeux? On enfermait les pétards dans des holsters en dentelle? Offensive du sphincter défoncé chez les marles tudeurs? J'y voyais le signe suprême de la décadence du mitan où on s'allongeait maintenant pour une paire de claques, où on pouvait plus faire confiance à personne, où la lâcheté et le coup-fourré entre les commensaux étaient la règle pour réussir à toute berzingue. Toute la Cour des Miracles s'en retournait sous le gazon de Montfaucon, francs-mitoux ulcérés, faux-sauniers écœurés, crocheteurs au refile de tant d'ignominie.

Je l'en bourrai, Milo, de me mettre l'œil sur ces turpitudes. En somme, que Boudard qui voyait juste : les cloportes transformés en agnelets dégueulasses, les hommes comme les Cloarec à balancer d'urgence au rencard pour pas marcher dans le sens de l'histoire. A pleurer.

— Où est mon père, tantouze?

La bonne règle aurait voulu qu'il résistât un brin, le Milo, qu'il se fasse tirer l'oreille, mais nib, il causait comme personne, vite, se soulager la menteuse, je vous dis, Simonin et Giovanni pouvaient se reconvertir dans le feuilleton « bonnes soirées », il n'y a plus d'honneur; il m'a tout dit en une minute, ce Yougoslave. Sur le plan familial, je pouvais pas m'en plaindre.

— On a une planque en ville, c'est là qu'il est.
— Vivant?
— Oui, Stefanovick voulait faire un troc avec vous. Vous vous tiriez dans la nature, il passait l'éponge.
— Tu nous conduis, petit, a conclu Luc qui voyait le positif de la chose et ne pouvait, cave qu'il était, partager mes affres sur la profession.

On y est arrivé rapidos, c'était comme un garage ou une grange dans le bas de la ville, près de la ligne de chemin de fer. On a dû crocheter la serrure parce que la clé, c'était Stefanovick qui l'avait et qu'on pouvait pas, en bonne logique, lui demander. Alfred était bien là, corseté de fils de fer, la bouche emplie de chiffons douteux, et le regard furibond. Je suis pas un mauvais garçon, vous avez pu le constater, j'ai même le culte de la famille, mais alors là, de voir papa dans une telle situation, ça m'a fait marrer un brin. C'était surtout d'ailleurs la réaction de le voir en pleine santé, mon Alfred bien-aimé, qui me faisait ainsi me bidonner. Une fois détaché, il a bien montré que lui goûtait pas cette sorte d'humour, surtout quand il a aperçu derrière nous, tricotant des genoux, le pourri de Milo. Il s'est pas senti mourir, ce tapin, la barre de fer qui traînait dans un coin de ce réduit allait trop vite vers son crâne pour qu'il entrave la situation, et papa a une vraie force de jeune homme.

— C'est lui qui m'a eu en beauté. Une vraie anguille, ce défunt Milo. J'étais à peine parti pour planquer l'oseille qu'il se détachait comme Houdini dans la malle et qu'il m'assommait façon père François.

Ça lui restait sur le cœur, à Alfred, de s'être laissé avoir comme un débutant. Même la barre de fer, ça lui soulageait pas l'honneur.

Je l'ai mis au courant des événements. C'était visible, Alfred, il appréciait pas la tournure que tout ça prenait. Le coup du *Croissant doré,* il le trouvait gros, habitué qu'il était de travailler dans le tact et la discrétion. Que je sois en cavale, ça l'émulsionnait aussi particulièrement. Je sentais poindre le conflit des générations.

— Enfin, a-t-il fini de diatriber, ce qui est fait ne se rattrape pas. Tu vas te mettre au vert pour quelque temps. D'ici, on écrasera le coup. Tout s'arrange.

Je demande pas mieux, moi.

— Où je vais, alors?

— A Paris, j'y ai de bons amis, des purs. Ou à la Marsiale, tu t'y couleras de belles heures entre la soupe au pistou et les coquilles ravageuses des méridionales.

— Ah, mais pardon, Alfred! Balpeau. Pas question que je quitte la ville, que je te laisse seul. Et puis, il y a Martine à protéger...

— Que foutre, André. Tous les méchants sont en enfer. Personne ne risque plus rien.

— Tu te gourres, papa, sauf le respect que je te dois... Les Yougoslaves, c'est du tenace. Ils ont viré les boches pendant la guerre en usant les chenilles de leurs chars à la lime à ongle. Ils veulent la ville et ils insisteront. Des vicloques pareils, même en les charriant en bloc sur les décharges publiques, ils se découragent pas... Une vraie colonie qu'il y a à Paris, des renforts pour dix ans de règlements de compte.

— Où veux-tu te planquer, me demande papa avec une infinie patience?

— Ici, dans leur repaire. Luc va m'apporter des munitions, de quoi briffer et un matelas pneumatique que je puisse récupérer. Toi, tu tâches d'avertir discrètement Martine qu'elle ne s'en fasse pas, ou mieux, tu la colles dans le dur pour Paris.

— Bon, soupire Alfred, ça n'est pas moi qui vais essayer de convaincre un Breton... Tu feras gaffe malgré tout de pas t'amuser à la vadrouillade en ville. Et prévois aussi que les petits copains de Stefanovick doivent le connaître, ce garage.

Je le rassure, qu'il m'en croit, que c'est que provisoire, la noïe juste, qu'après, je demanderai l'hospitalité à une souris qui me veut du bien. Ils se tirent; Luc, chez qui l'exaltation du combat est tombée, semble accablé; la Toune et lui, dix ans de vie commune, ça s'oublie pas en soufflant dessus, bien sûr.

Il est de retour, un quart d'heure après, m'apportant dans le gîte, le coucher et le couvert, sous forme du petit camping et du sandouitche impressionnant. En me glissant deux boîtes de 38 spécial, il me confie, larme à l'œil :

— Tu sais, c'était peut-être pas vrai cette histoire de trompes qu'on pouvait déboucher comme un siphon. Seulement la Toune, elle y croyait, et, même si ce gynéco était le plus foutu menteur par optimisme, ça me fait un peu mal d'y penser à ce moussaillon qu'on aurait tant aimé...

Je ne peux rien dire, ces grandes douleurs-là, le meilleur copain de la terre, il est impuissant à les colmater. Je m'endors comme une masse sitôt qu'il a refermé la porte sur lui...

Je me réveille au petit jour, la gueule pâteuse comme après un carnaval allemand. A vrai dire, mon caprice de rester dans la ville, il se justifie guère car je ne vois rien à branquillonner. Je fais un tour dans ce cagibi crasseux et tombe en arrêt devant une sorte de coffret en ferraille, muni d'une poignée, qu'on a caché sous un tas de chiffons graisseux. Voilà qui va m'occuper. Avec un bout de tournevis, je lui chatouille la serrure et au bout de cinq minutes de patientes explorations pour trouver l'accrochage, le couvercle se soulève.

Dedans, il y a une cinquantaine de blancs sachets en plastique. Pas besoin d'être grand clerc pour deviner ce qu'ils contiennent, et le doigt mouillé que je passe par la déchirure d'un, ne fait que confirmer mes soupçons : de la neige. Mon didi devinatoire me susurre qu'il s'agit là du stock de Tino le Fausset qui voyait poindre pour lui les jours bénis où la camure de la ville devrait l'implorer pour qu'il délivre ses heures de béatitude.

Il y en a ici pour une demi-brique, même en considérant la teneur en talc qui s'y trouve sûrement mêlé. Je vais pas cracher dessus, et personne d'ailleurs, n'amorcerait la moindre tentative de salivation. Je me promets de m'en occuper, sévère, une fois que toute cette embrouille sera reléguée au rang des souvenirs de jeunesse.

Pour l'instant, l'inactivité me pèse comme un sac de ciment sur le dos d'un manœuvre portugais. Velléitaire et fou-fou, comme dit le docteur M.G.M aux vues de mon check-up mensuel, je décide la virée, imprudente certes, mais défoulatoire pour ma libido. Mon intention primitive est d'aller dans un bistrot un peu anonyme, prendre la température générale et recueillir dans mon oreille indiscrète, l'écho des labeurs sournois des compères de l'inspecteur Carteret.

Quand je suis dans le centre, je constate qu'aucune patrouille intempestive ne trouble le matin provincial. Des théories de petites filles nattées marchent en rang, dans ce dimanche paisible, sous la conduite de sœurs criaillantes comme des mouettes, vers la mystique que leur prodiguera, nonobstant, un abbé aux idées avancées. Les derniers noctambules rejoignent, la queue basse, le domicile conjugal où une mégère acariâtre prépare déjà le poulet dominical.

Je m'enfile dans un P.M.U. où je suis quand même un peu protégé par l'affluence des candidats au miracle chevalin. On n'y parle que du ram-dam de la veille. On y supputte, confondus, les mérites d'Yves Saint-Martin et les chances qu'a la poulaille locale de coincer les massacreurs, heureusement toujours présumés parisiens. Un boulot qui n'a pas cru bon de se saper correct pour honorer le jour du Seigneur, suggère, aux dires de sa concierge dont le mari vide les cendriers du commissariat, qu'on cherche bien loin ce qu'on pourrait trouver chez ses compatriotes.

— Un p'tit marc.

Je sors et me dirige vers la place aux jets d'eau, cherchant inconsciemment parmi les pigeons, la fraîcheur qui me fait bien défaut, ce matin. C'est au milieu de ces volatiles qui se dérangent même pas au bruit martial des semelles cloutées, que je me fais cueillir par un camion de C.R.S. que j'avais pas senti venir, derrière moi. Je suis proprement désarmé de mon Colt, et, comme pour me punir des émotions que je leur ai données, ces vaillants serviteurs de l'ordre me bourrent de pêches brutales, sitôt assis dans leur car grillagé.

— Salope, on t'a enfin eu...

— C'est pas fini pour toi, bandit, nous on est que de gentils fournisseurs!

— Ta belle gueule, tu peux lui dire adieu. A la P.J., ils sont comme des taureaux dans le corral...

— Comme des vaches, je murmure entre mes lèvres gonflées.

J'aurais mieux fait de la fermer. C'est la technique, pourtant, papa m'avait prévenu, lui qui connaissait le système : ne jamais les contrarier, ces fumiers. Déjà, rien qu'au mot « contestation », ils relevaient les babouines, alors au moindre rébecca, c'était la dégelée maison garantie. Quand on arrive au commissariat, j'ai une belle tête au carré qui plairait bien à Monsieur Hypoténuse.

Carteret me prend en charge, l'œil plein de promesses pas très réjouissantes, la veine du front enflée de courroux. Pour mon initiation aux choses de la loi, je plonge dans un pastis un peu trop lourdingue à mon goût... On me drive, cadènes aux poignets, vers un bureau à deux places où s'installent Carteret et un subalterne, fana à ce que je puis en juger, de la machine à écrire. L'inspecteur décroche son téléphone et congratule le commandant de la C.R.S. — tant, lui promettant des fleurs miroboliques de la place Beauvau pour son ingénieuse patrouille.

J'en demande pas tant, et tout en gaffant le personnel flicard qui défile dans la pièce sous des prétextes aussi variés que mensongers, je pense que la Canebière, en fin de compte, c'était pas si mal imaginé que ça...

— T'avais tort de faire le malin, hier soir, qu'il entame Carteret. Tu y étais au *Triomphal* quand ça a mitraillé?...

— Moi, monsieur l'inspecteur? Et ben, peut-être, oui...

— Pourquoi tu t'es tiré avant qu'on arrive?

— Le trac, monsieur l'inspecteur, la crainte du

vedettariat. Comme disait ma tante 'Gorine : « Dans ton genre, t'es un grand timide... ». Une sainte femme, monsieur l'inspecteur, une sainte femme, ma tante 'Gorine.

— Vous vous foutrez de ma poire aux assises si vous voulez, Le Cloarec. Pour le moment, t'as à accoucher rapide, c'est tout.

Sec et définitif, il est Carteret. Faut pas espérer le blouser, c'est un mec qui bosse dans le concret; l'extrapolation, il s'en moque comme des états d'âme de Jean-Baptiste Sartre. En tout cas, il a pas l'air de causer du *Croissant doré*. C'est pas moi qui vais aiguiller la conversation sur ce point délicat.

— Tu vois, Le Cloarec (Ça y est, il redevient familier.), depuis deux jours, ça fait un peu trop de remue-ménage dans la ville. Normalement, on aurait même pas pensé à toi. Seulement, il y a eu les coups de téléphone (Qu'est-ce que je disais?); tu vois le genre « C'est André Le Cloarec qu'on visait à la sortie du cinéma. » — « C'est les Cloarec qui ont défargué Maître Bridel. » — « Demandez-donc au jeune Le Cloarec pourquoi il vous a pas attendu au *Triomphal* après la fusillade ».

— Des on-dit, monsieur Carteret, des jalouseux confrères qui m'en veulent...

— Des confrères en quoi, Le Cloarec? il me coupe...

— En antiquités, monsieur l'inspecteur, en antiquités!

— Bon, ça va, te fatigue pas. Tu finiras bien par cracher. Je reviendrai te voir ce soir.

J'ai l'impression que c'est un blot magnifique que

de se faire pincer un dimanche matin. Le bourru Carteret, il avait dû prévoir autre chose que l'interrogatoire de truand pour son week-end. Comment qu'il se tire des pattes, soi-disant, qu'il va affirmer au lardu, pour me laisser mijoter dans mon jus. En réalité, pour rejoindre bobonne et opérer la décharge dans le calcif des jours de fête.

On m'enferme, toujours menotté, dans la petite cellule de garde à vue. C'est pépère, tranquille, les flicaillons, une fois leur curiosité satisfaite, se désintéressent complètement de moi et me laissent sous la garde d'un agent de police bonhomme qui me considère d'un œil placide.

Il y a juste une cloche comme compagnie, un pauvre hère pas encore désembrumé des kils de rouge de la veille et qui ronfle comme trois motoculteurs. Je me vois emmouscaillé comme un goguenot de ratons. Papa, je le croirai toujours; j'en fais le serment en glaviottant sur le clodo qui ne tressaille même pas.

— Vous auriez pas un clope, je demande au débonnaire geolier? Vos collègues m'ont tout fauché.

— Une gitane maïs. Ça ira?

Je grimace, mais après tout, un prisonnier n'a pas à faire le difficile. Le snobisme en tôle n'est guère de mise, et j'en connais des longs-à-cuire qui sont devenus polis comme des marquis à coups de mitard. Je tète la jaune cibiche après un clin d'œil aimable à l'hirondelle.

Il ne reste plus qu'à attendre. Attendre et espérer.

V

Au bout de trois jours pleins, délai maximum de la garde à vue et non compris le dimanche, sacro-saint congé vadrouilleur, je tenais toujours bon. Je voyais vraiment pas, mais alors là, vraiment pas pourquoi on m'aurait canardé le vendredi. Maître Bridel, convoqué en même temps que Roger Ambugue, n'avait pas voulu me reconnaître :

— Il était plus petit, monsieur l'inspecteur!

Oh, fragilité des témoignages humains...

— Bien plus petit, renchérissait l'ancien champion de chute libre.

Je pensais bien qu'on allait me délourder vite-fait, je demandais même pas d'excuses, j'irais pas me plaindre à la télévision des exactions poulardières. Seulement, il faut croire qu'on m'avait drôlement dans le collimateur, puisque Carteret vint m'informer que mon dossier était transféré au juge d'instruction pour attaque à main armée, coups et blessures et en surplus (Le salaud!), non-assistance à personnes en danger pour l'affaire du *Triomphal*. L'air vache qu'il avait, cet empaffé, en m'annonçant cette bonne-ferte à la sauce pas choucarde; il me les faisait rudement payer mes étrennes brocanteuses à sa légitime.

On m'a emmené, comme un prince, à la prison, encadré de première bourre par des cow-boys qui, le doigt crispé sur la gâchette, avaient pas un instant d'inattention. C'est l'ennui de la province. D'après ce que j'en sais, à Paris, ils sont plus décontractés, ils en voient tellement de durs à convoyer, qu'ils finissent par plus les prendre au sérieux. Ce qu'est toujours un bon commencement d'embellie pour se tirer une belle fulgurante.

La tôle de la ville était, à mon goût, nettement trop disproportionnée à l'importance du patelin. Je voyais pas l'intérêt d'avoir bâti des murs aussi hauts pour des voleurs de poules ou des touche-pipi incestueux. Je comprenais pas non plus la nécessité d'une telle sévérité chez les gaffes, saloperies en général pas très vivables, mais qui là, dépassaient toutes mesures.

Le seul avantage qu'on pouvait y trouver à cette claustration provinciale, c'était les cellules point trop peuplées, les chiottes non-engorgées et la pitance correcte. Dans ma celloche à moi, ils étaient quatre : un voleur de voitures, jeune gars aux douilles sur les épaules, un vieillard de l'hospice qui avait montré avec beaucoup d'insistance et malgré plusieurs avertissements son bijou défraîchi dans les squares publics, un cultivateur de tendance chouanne qui avait expliqué trop rudement à un huissier de « la femme sans tête » qu'il n'entendait pas laisser saisir ses terres sans grogner, et Petit-Rébus qui justifiait, sur l'heure et approximativement, son surblaze en se cassant la tête sur les mots croisés de Favalelli.

— Qu'est-ce que tu fais là, voyou? je lui ai demandé en lui faisant la bise fraternelle, et, dans mon esprit, beau-fraternelle.

— Tu vois, qu'il m'a dit sans m'émouvoir, je prends des vacances. Ma trique, normalement, elle courait sur Paris, mais pour cette histoire-bidon de drogue, c'est le juge d'ici qui voulait me voir.

— Tu peux pas savoir le plaisir que ça me fait de te retrouver...

— C'est pas pour te vexer, André, mais moi, ce plaisir, je m'en garderais bien.

En chuchotant à cause de nos collègues, je lui ai expliqué d'où venait le coup fumeux. Les enculés de yougoslaves, il les a tout de suite pris en grippe, d'instinct pourrait-on dire. Je lui ai tu l'épisode Martine, parce que de causer de ça derrière les barreaux, ça m'aurait déprimé. Je savais bien qu'il en serait fier de sa petite sœur et qu'il m'estimerait, moi André Le Cloarec, tout à fait digne d'entrer dans sa famille. Pour le moment, ce qui nous passionnait, c'était la façon dont on pouvait se carapater de cette ambiance antipathique.

On pouvait bien sûr pas compter sur nos compagnons, complètement abrutis, sauf peut-être le chouraveur de bagnoles. De plus, les « hauts-murs » tessonnés stoppaient net toute spéculation rêveuse du genre draps de lit bout à bout, d'autant que tout ce qui pouvait à la rigueur s'employer comme corde, était contrôlé journellement par des gaffes soupçonneux.

— Il y a bien le coup de la poubelle, me glissait dans l'esgourde Petit-Rébus, décidément incorrigible.

— Explique...

— A la promenade, on se trace jusqu'à la cuisine, on s'introduit chacun dans une poubelle, et la corvée nous emmène après, peinards, jusqu'à la décharge municipale.

— D'abord, et d'une, ils font l'appel après le tour de cour, et de deux, tu vois la tête des gardiens quand on apparaîtra au milieu des épluchures de carottes et des nouilles sauce-tomate!...

Il convenait avec regret que j'avais vachement raison, que tout ça était pure littérature et que, la prochaine fois qu'un malfrat lancerait pareil bouteillon, il lui ferait bouffer son verre de ricard par le pied.

La tôle, c'est peut-être joli après, quand on en est sorti et qu'on se souvient. Pour ma part, je trouve ça in-sup-por-table et je ne tardai pas à tourner dans la cellule comme un vieux cheval dans un manège. Heureusement, après une semaine, le jeudi, on nous appela tous les deux, Petit-Rébus et moi, au parloir.

Merveille des merveilles. Je pus entrevoir, l'espace d'une seconde, le frais minois de Martine qui avait obtenu un permis de visite pour son frère, tandis que papa, avait fait des pieds et des mains pour en avoir un aussi. Je regrettais bien le temps des anciens parloirs, tout en longueur et qui m'auraient permis de reluquer l'adorée à mon entière guise.

Malheureusement, ces sadiques de l'administration pénitentiaire avaient fait construire des petits boxes individuels qui n'autorisaient pas la vue d'ensemble. Ça me faisait tout de même bien de la joie de reluquer papa qui paraissait marqué... Le gaffe, grâce lui en soit rendue, n'éprouvait aucune curiosité pour notre conversation. Pour tout dire, il semblait même en pleine digestion et dodelinait du cigare, luttant à peine contre le sommeil.

— On va te sortir de là, petit, me murmura Alfred, la bouche en coin. (Plus fort) : Ah, malheureux, si tu m'avais écouté, tu ne serais pas là aujourd'hui. (Mezzo forte) : T'iras sûrement dans la même fournée que Petit-Rébus au Palais de Justice. Si ta mère te voyait, elle qui t'aimait tant ! (Le gaffe, rasséréné, repiqua dans sa sieste.) Attends-toi à voir du curieux monde dans le bureau du Juge. Préviens Petit-Rébus...

— Papa, si tu savais comme je regrette le chagrin que je te fais. (Plus bas) : les Yougos ?

— Nib. Tu me fais honte, tu t'en doutes, tout le quartier me montre du doigt. Carteret m'a emmerdé deux jours mais je m'en suis tiré avec les honneurs... Déshonneur, parfaitement, tu déshonores la famille, blouson noir !

— Allons, monsieur, la visite est terminée.

Alfred se leva, enfila son pardessus et me tendant trois doigts à travers les mailles du grillage, m'envoya le clin d'œil plein de canaillerie qui signifiait qu'il s'occupait de tout et que j'avais pas à m'en faire. T'es chouette, papa!

De retour dans la cellule, j'informai Petit-Rébus, vaguement intrigué par l'optimisme qu'avait affiché Martine, des projets d'Alfred. Il se demandait aussi, cézig, pourquoi sa frangine s'était tant inquiétée de l'entretien, à mon propos. Y'avait pas à chiquer, il fallait l'affranchir ce bon ami, sans ça, vexé d'avoir été tenu à l'écart de ces amours, il offrirait pas le lave-vaisselle à nos noces :

— Cachotier, branleur de pies aveugles! Alors, toi et Martine, comme ça, dit-il en poussant le pouce et l'index de sa main droite contre ceux de la main gauche.

— Eh oui, je fais d'un air modeste. Ça te dérange pas, pour sûr? J'ai ta bénédiction fraternelle?

— Tu l'as, André. Remarque que j'aurais préféré qu'elle épouse un type bien, avec une bonne situation. Enfin, dans le genre voyou, tu dois être ce qu'on fait de mieux.

Je suis sensible à ce compliment. Petit-Rébus ne les balance en général qu'avec rareté et ça, c'est comme les marques « ballons-montés » de 70 : moins il y en a, plus c'est chérot. Il rêve, mon brave ami, de ce que pourraient être ces noces :

— Tu vois ça, André, tout le gratin des bandits aux agapes. Le sommier complet de la P.J. bien rangé dans la cathédrale, les plus mignonnes arpenteuses de bitume d'un côté, moulées dans de corrects petits tailleurs, de l'autre les maqs sapés comme des dieux, Dédé de Nantes, Roger la Bafouille, Jean-

Tomate, peut-être même Jo viendrait s'il était sorti de cabane... Tu verrais le curé cette quête ultra qu'il se récolterait. Après, on irait gambiller comme des braves, on se serait payé Verchuren... Tu vois le pedigree réuni autour de Martine, belle comme un jour d'autrefois dans sa robe blanche et toi en smock, un peu chié loulou...

— Tu déconnes comme une midinette, Petit-Rébus. Et d'ailleurs, on n'en est pas là, il s'en faut.

Mais rien l'arrêtera sur la voie savonneuse des gamberges fééériques, et quand il se tourne vers le mur graffiteux en tirant sa couvrante jusqu'au menton, je suis sûr qu'il y pense encore à cette improbable fiesta, heureux comme un gosse d'imaginer les plus coriaces ennemis, auverpins et secors, bretons et parigos, troncs et pieds-noirs, marseillais et basques, réunis et mélangés fraternellement pour honorer sa sœur. Y'a que les Yougoslaves qui manquent à ce grand bal : c'est parce qu'il les aura tous tués avant, Petit-Rébus.

Il faut encore attendre une semaine avant d'être convoqués par le Curieux. Il a une fois de plus raison, papa : avec Petit-Rébus, on est du même voyage. C'est un peu normal : il est entré dans cette tôle la veille de mon arrivée, nos dossiers devaient être voisins dans la pile de l'Instruction. Quand même, j'ai le tressaillement jouasse quand le maton l'annonce après le café. Le coiffeur passe juste avant la montée en car, pour qu'on soit présentables. Petit-Rébus et moi, on a juste besoin de se faire racler la couenne, mais le jeune voleur qui doit aussi venir avec nous, pousse des cris d'horreur quand le merlan se dirige vers lui, l'air saccageur et les ciseaux gourmands.

Dans ce car, il y a que des correctios; Petit-Rébus et moi, on est les seuls destinés aux assiettes, aussi, on nous colle dans une cage à part, matés avec curiosité et admiration par les autres demi-sels de voyageurs. On voit les gens dans la rue, ils n'ont même pas l'air de se douter qu'ils sont heureux, ils sont assez salauds pour coller du volatile dans une volière, tenir un cador en laisse... Des petites gambettes dévoilées par la minijupe trottent sur le macadam. Des gros hommes graves courent comme des dératés vers leurs affaires, alors que nous, la liberté, on en ferait quelque chose de moins foireux, parce qu'on en saurait le prix...

Grâce à Monsieur Malraux, le Palais de Justice est immaculé comme la conception. De penser qu'on s'occupe de nous là-dedans, ça nous le rend presque sympathique. Notre véhicule s'arrête, et on est aussitôt pris en charge par un tourbillon de gardiens de la paix hargneux qui sont obligés de faire trois appels avant de s'apercevoir qu'ils savent pas compter :

— Le Cloarec André?
— Présent...

Et allez donc vous faire foutre par les nègres, ça vous donnera du bistre aux yeux!

Le flic en chef signe une décharge aux convoyeurs de la pénitentiaire qui ont hâte d'aller écluser le gorgeon rouquin au bistrot du coin, et nous fait enchaîner, trois par trois, comme sur la route aux galères. Placé à côté de Petit-Rébus, je lui suis donc logiquement lié, en compagnie d'un minable au pardeuss' trop grand qui n'a pas l'air d'être en pleine forme et sent le tube à trois mètres.

Cahin-çaha, cette espèce de chenille humaine s'ébranle vers une sorte de salle d'attente à la peinture pisseuse où on nous refait un appel :

— Ouais, j'suis là, clame Petit-Rébus en réponse à son nom. Je suis pas parti, vous croyez p't'être que je vole!

— Ça t'est sans doute arrivé, mais t'es sans doute pas prêt de recommencer, s'exclame finement le brigadier rougeaud sous les rires serviles de nos compagnons de chaîne.

On partait en brochettes vers le cabinet du juge. Comme on était les plus sérieux, Rébus et moi, c'est par nous que le débardage a commencé. Ça, papa misait dur là-dessus, je l'ai su après, comme il comptait bien qu'on se mettrait ensemble avec mon pote. Après avoir déambulé dans un tas de couloirs déserts comme une rue de Bastia en plein été vers les trois heures, on est arrivés devant une porte aussi matelassée que celle du père Bridel. Trois draupers nous escortent et on s'asseoit, tous les six, avec un ensemble touchant. Leur technique est la suivante : un gars est appelé par le greffier du Curieux; ils le décadenassent, deux d'entre eux l'encadrent jusqu'au bureau et restent avec lui tout le temps de l'entretien.

Pendant ce temps, le troisième affreux s'est enchaîné à la place du prisonnier manquant et ainsi de suite pour les trois. C'est à dire que les deux garçons qui restent dans le couloir, sont toujours menottés. Je prie le Ciel qui ne m'a guère épargné jusqu'ici, de m'assister et de faire que le tubard ne soit pas appelé entre nous deux.

On attend un brin, calés sur la banquette, anxieux comme des communiants au seuil d'une maison-close. Un homme vient s'asseoir sur la banquette voisine et balance son mégot dans l'un des cache-pots qui font office de crachoirs et de cendriers. C'est Roger Ambugue.

« Un prévenu libre », doivent penser les flicards qui après un rapide regard au nouvel arrivant, continuent leur conversation :

— Et alors je ferre, ça se débat, des remous énormes dans la baille, j'amène doucement jusqu'à l'épuisette, une carpe, mon vieux, qui sans te mentir, faisait bien dans les sept livres...

Le tube en oublie de se roumioner d'entendre ces vantardises. Les poulets ont aucune pitié, ils enchaînent (pardon) sur la dernière sortie de l'Amicale Gymnique du Commissariat, ils l'entraînent, ce pauvre minable, sous de fraîches tonnelles, dans des sentes fleuries, au bord de lumineuses clairières, que le bougre, tel que je l'entends se ramoner le mou, ne reverra jamais.

— Prévenu Le Cloarec André, dit d'une voix flûtée papa dont la tête puissante paraît un instant dans l'entrebâillement de la porte.

On me délivre, les deux cognes me prennent sans trop de rudesse sous les aisselles, on entre. Ça leur plaît d'ailleurs pas beaucoup, à mes gardiens, d'être entrés dans cette pièce avec tant de confiance et d'allégresse. On les comprendrait à moins : voir un supposé greffier et un avocat en robe noire vous braquer méchamment à la mitraillette, ça vous secoue le cœur de flic le mieux accroché.

La surprise se complète quand ils aperçoivent, dans la mi-pénombre, les corps du vrai greffier et d'un avocat qui n'est pas au jour de recevoir mes honoraires.

— Les pattes en l'air, poulets, gronde Luc-l'avocat...

— Faites ce qu'il vous dit, bavoche le juge recroquevillé sur son siège, un foulard sur les yeux, ces gens-là sont dangereux.

La tête des autres!!! Ils ont vite fait de rejoindre au royaume de l'évanouissement le greffier et le « cher maître » qui n'auraient sûrement pas tant pioché leur Droit s'ils avaient pu prévoir les bosses que ça occasionnerait, par la crosse experte de mon Alfred à moi.

— Vite, me chuchote papa, maintenant, il faut travailler dans la pure psychologie. J'appelle le prévenu Petit-Rébus, et par routine, le garde doit commencer à le libérer, ou au moins, sortir sa clé. Il s'agit de lui tomber dessus à ce moment, avant qu'il ait pu s'étonner de pas voir ressortir ses compères et crier au charre. De ce côté, Ambugue veille au grain.

— Vu, je dis. Mais pour ressortir, il faut passer

par la salle d'attente et ils sont au moins dix flicards.

— Envisagé, conclut papa en boutonnant la vareuse bleue-marine de l'un des guignols.

— On pense à tout, rigole Luc qui a quitté sa robe et a vraiment bonne mine en uniforme et képi.

Papa reprend sa voix de greffier et clame : « Prévenu suivant... », attend dix petites secondes et sort comme l'éclair, poing foudroyant brandi vers le menton du flic qui se relevait déjà en rangeant la clé des cadènes dans la poche de sa vareuse.

Ambugue a un calibre dans chaque main. Mais il n'en est nul besoin, Petit-Rébus est libre des deux côtés, délivré par la main professionnelle de son gardien qui agissait, quelle chance, selon la loi de la psychologie. Notre compagnon de chaîne est abasourdi et ne pige manifestement pas pourquoi ces flics sortis du cabinet du juge, assomment le troisième.

— Tu viens, bonhomme, je lui ai demandé?

— Oh, tu sais, il a répondu fataliste, ça ou le sana...

— Bonne chance, je lui ai lancé. Ça te sera compté. Tu sortiras plus tôt.

— Pas sur mes pattes. Allez, filez, vous êtes des mecs.

Encadrés, de près, semblait-il, par Alfred et Luc, le labyrinthe des couloirs. On a descendu l'escalier « de service » et on est entré, sans une marque d'hésitation dans la petite salle où patientait le joli monde, flics et encagés mêlés. Papa et Luc ont laissé à personne le soin de les retapisser et ont balancé vivement dans cet antre qui puait le fauve, des sortes de capsules de plastique qu'on a écrasées du pied, en chœur.

Nous aussi, on pleurait un peu en débouchant à l'air libre, mais sûrement moins que les flics qui faisaient connaissance, du mauvais côté pour une fois, du gaz lacrymogène concentré.

Martine attendait au pied du Palais de Justice, au volant d'une vaste Mercédès où on s'est engouffrés vite-vite, alors qu'elle démarrait en force, tu m'as compris, tu m'as...

VI

Là, Alfred, il avait décidé, et il n'y avait pas à revenir dessus : le débotté hardi du Palais de Justice ayant sans doute déclenché les grandes foudres, peut-être y compris le fameux plan ORSEC pour catastrophes nationales, il devenait de première urgence que je quitte la ville.

— Tu comprends, André, dans ces cas-là, chaque citoyen devient mouche, toute concierge te regarde, les loufiats te guettent. Seul contre une ville de province, c'est pas possible, t'as perdu d'avance. Tout se dit, de quartier en quartier, de patronage laïque en garderie confessionnale, de cordonnier en maçon, la cohorte des « bouche à oreille » te suit, et même te précède. Tire-toi, petit, t'as pas une chance sur mille de passer au travers du filet des honnêtes gens.

Il parlait d'or, papa, il savait pourtant bien l'avanie suprême qui nous chutait sur le râble : le nerf de la cavale, le pognon. Il nous manquait, celui-là...

— J'ai quand même six millions à la maison, j'ai dit d'un air naïf...

— Petit malheureux, a répondu papa, quand les Yougoslaves se sont délivrés, ils ont pris le sac avec dedans, ma part et celle d'Ambugue. Tu aurais pas voulu que ce brave garçon soit privé parce qu'on avait des mots avec des gens. Je lui ai donné ta part.

— Et j'ai bien apprécié le geste, complète Roger Ambugue, alors, j'ai donné un coup de main à votre père pour vous arracher de la ratière.

— Moi, dit Luc, je peux t'avancer une brique, mais c'est tout. Les flics m'ont obligé à fermer le *Triomphal* et je roule pas avec lerchem.

Si vous voulez mon avis, on est plutôt mal laubé. De penser à ce sac plein de fric qui a cramé avec le *Croissant doré*, ça m'en donne des relents de haine contre les Yougoslaves. Ça me fait brusquement souvenir de Milo :

— Et qu'est-ce que vous avez fait du gars dans le garage?

— La Loire, dit papa. (Et rigolant soudain :) ils vont en avoir de la visite à Saint-Nazaire... On a aussi trouvé un coffret plein de came, je me l'ai mis à droite.

— Il y a une chose qui m'étonne, j'interviens. C'est pourquoi les flics ils m'ont même pas parlé du *Croissant doré*. Ils me confrontaient avec le proprio, j'étais flambé...

Rire subtil de Luc :

— Comme l'hôtel... Mais moi aussi, p'tite tête, j'aurais été dans le bain jusqu'à la calotte crânienne. Le proprio s'est réveillé, d'après les journaux, il est sorti avec les clients et quand le premier étage s'est effondré, paf, crise cardiaque, tu parles d'un coup de pot!

Ça le fait marrer cet affreux. Ah, c'est bien ça les militaires... N'ont aucun respect de la vie humaine!

— André pourrait venir chez moi, à Paris, intervient gentiment Martine.

— T'es louf, l'engueule son frère, les lardus ne vont rien avoir de si pressé que de courir aux portes de la famille pour m'alpaguer. Gentillesse, mais qui les amuserait autant, c'est Le Cloarec qui leur tomberait dans les bras...

— Alors, je m'impatiente, on va pas rester dans cette voiture cent sept ans!

Tout le monde était bien embêté. Les amis, dans la pègre, Alfred en a jusqu'à Tombouctou, seulement voilà, même s'ils sont désintéressés comme des pasteurs, ils préfèrent quand même pas voir radiner du mecton en cavale obligé de faire la manche. Question de dignité des deux côtés. Papa n'aime pas devoir...

— Tu vas partir pour O... immédiatement, il a ordonné. Tu iras voir Jeannot de Pontoise qu'il te planque. Dis-lui bien que c'est pour un ou deux jours, le temps que tu remontes tes billes. Je me débarrasse des flics qui vont sans doute venir me voir d'urgence. J'ai l'alibi avec Martine et Luc. Je te rejoins sitôt que ça se tasse et on se fait une banque. Vu?

— Ben, et moi alors, proteste Petit-Rébus. C'est bien gentil de sortir un homme de prison, seulement, si c'est pour le mettre à la rue, c'est pas la peine.

— Oui, c'est vrai, a réfléchi papa, un rien agacé. T'as du fric à droite?

— Si j'allais relever mes compteurs, j'aurais peut-être un peu de quoi faire, mais c'est commack, elles doivent être sous haute surveillance, les poulettes...

— Bon, alors tu vas avec André chez Jeannot.

On a fait comme ça. Alfred, Luc et Martine sont partis balancer la Mercédès et se mettre à jouer aux cartes chez papa. Ambugue, qui était décidément un garçon très serviable nous a emmené d'un seul coup à O... dans sa petite Dauphine.

— Vous y partez quand, en Corse, je lui ai demandé.

— Quand ça pourra paraître normal que je donne ma démission. A propos, Maître Bridel m'a donné une prime pour m'être fait assommer.

On rigole tous en chœur, ça amuse toujours le public de voir Géronte possédé.

Ça a pris une petite heure pour arriver à O... J'ai fait arrêter Ambugue loin de chez Jeannot de Pontoise. Il est brave, l'ancien para, je veux, mais c'était pas la peine qu'il en sache trop. On s'est bien serré la main :

— Merde pour toi et ton snack, j'ai dit.

— Gardez-vous bien, il a répondu.

Jeannot de Pontoise, il a fait une drôle de tête en nous voyant débarquer comme deux fleurs dans son arrière-boutique :

— Adieu, les aminches, il a lancé, on parle que

de vous à la radio. L'évasion du siècle, ils bonnissent...

Jeannot de Pontoise affectait de parler un argot suranné pour justifier ses origines banlieusardes. Ça donnait d'ailleurs un drôle d'effet parce qu'avec sa tête de moine bourguignon, on s'attendait plutôt à d'onctueuses paroles, bénédictions suaves, et que d'entendre les insanités qu'il proférait sans cesse avec son accent appuyé, on en restait tout con, si on savait pas.

Jeannot, il avait un magasin de quincaillerie, couverture bizarre mais solide et qui lui permettait d'avoir à immédiate portée, les outils fracasseurs dont il avait besoin pour ses expéditions nocturnes. C'était un vieil ami de papa, un homme droit comme on n'en trouve plus des bottes au jour d'aujourd'hui.

— C'est Alfred qui m'a dit de venir vous voir pour quelques jours, je lui ai annoncé. Vous connaissez Petit-Rébus?

— De nom seulement, qu'il a répondu en broyant les phalanges de mon pote. Vous pourrez rester tant que vous voulez, personne vous emmerdera ici.

La sonnette de la boutique l'a fait se propulser vers l'amateur de casseroles, binettes ou toile émeri qu'il a expédié vite fait vers ses concurrents, sûrement plus commerçants.

— Et comment il va ton dabe, petit? Toujours solide des biroutes?

— Ça marche, monsieur Jeannot, il débande pas.

Fallait lui causer comme ça, à Pontoise; il aimait que c'en était un ravissement. Avec ce maq' de Rébus, il allait pouvoir s'en payer des tranchés de cul en historiettes qu'il en aurait pour une année. Il a mis le verrou à sa quincaillerie et on est monté dans ses appartements, meublés Henri II, ce qui me fait toujours mal aux seins. Comme on approchait de midi, il s'est mis à la popote, et ça aurait sûrement fait plaisir à Luc de voir que ce célibataire inconditionnel n'avait pas une boîte de conserves dans ses placards.

— Votre arraché, les gars, c'était du beau boulot. Je critique que le coup du juge envoyé à l'hosto.

Luc a eu la main trop lourde... Forcément, ça n'est pas un professionnel, il nous met une tache sur ce boulot de spécialiste. On se met à table devant un foie de veau à la bourgeoise suivi d'une merveille de chanterelles fricassées et on boucle par un caoua corsé, arrosé, c'est bien naturel, par une fine champagne impériale. Petit-Rébus, qui sait vivre, rote pour exprimer sa satisfaction et entame à la grande joie de Jeannot de Pontoise, la description détaillée des loufoqueries sexuelles des clients de ses nanas.

— Tel, que je vous dirais son nom, vous le croiriez pas (Moi, je le sais, il s'agit du Président de la Chambre de Commerce de ma ville.), il ne se fait reluire que si la fille est chaussée de pointes de coureur de cent mètres. Il se met en position comme pour un départ de sprint, la fille doit dire : « A vos marques... prêt; 'tez » et lui envoyer un bon coup de pied dans le cul. Il gode quand il a l'empreinte de la semelle cloutée sur les fesses.

Des histoires comme ça, fréquentes, ça me fait

toujours rigoler mais ça a pas le même effet sur Jeannot qui s'évacue discrètement vers la salle de bain, afin, sans doute, de voir si ça flotte.

En attendant le retour de notre amphytrion, on branche la télé sur les informations de treize heures et après les nouvelles politiques, on a le plaisir mitigé de contempler nos binettes de face et de profil sur l'étrange lucarne. Le commentateur, sorte de petit gibbon binoclard, s'en donne des frissons :

— Ces hommes sont dangereux et certainement armés. La police les recherche activement et a ordre de tirer à vue...

Suit le pédigree complet de Petit-Rébus. Moi, j'étais blanc jusque là.

— Dis donc, Petit-Rébus, tu m'avais caché ça...

Au milieu des « proxénétisme », « port d'arme » et autres « coups et blessures », le spiqueur a glissé, sournois : « outrage public à la pudeur », ce qui doit, à la même heure, faire se marrer comme des cons, tous les truands téléspectateurs.

— Ah les enfiottés! Ah les pourris menteurs! Me saper ma réputation de telle manière. L'histoire, c'est à vingt piges, à Toulon. J'étais beurré comme un cavalier polack et j'ai pissé contre un mur. Une patrouille m'a dressé procès-verbal, c'est tout ce toutim! Les ordures! Me faire passer pour un exibisionisse!

Jeannot, revenu de ses occupations intimes, se marre avec moi. Il enchaîne :

— Les flics, quand ils sont de mauvais poil, ils te colleraient n'importe quoi sur le dos. Un jour, un petit gars, un étudiant d'ici vient m'acheter un marteau et des pointes pour accrocher des tableaux dans sa carrée, à l'Université. Il arrive là-bas avec l'objet, dans un sac à mon nom, je te fais remarquer, il tombe sur une putain de patrouille d'enculés de C.R.S. et se retrouve trois mois après en Correctionnelle pour port d'arme.

Il redescend vers sa boutique et ferme la porte sur nous. Voilà. C'est bien joli d'être à l'abri et j'apprécie la détente, seulement, je sens que je m'emmerde déjà. Petit-Rébus, lui, est parti en plein paradis des Mots croisés de Match. L'inaction, je crois l'avoir déjà dit, c'est pas mon genre. Seulement, la dernière fois, j'ai pas été bien inspiré et ce coup-ci, je dois rester tranquille. Papa apprécierait pas le doublé cornard.

Je m'endors en rêvant de Martine, ce qui est, je crois, la manière la plus agréable de passer le temps. Elle m'accompagnera quand j'embarquerai pour l'étranger, j'en suis sûr. Le Paraguay? Le Mexique? Trouver le Pérou? Avec papa et Petit-Rébus qui viendront aussi, on fera une chouette équipe que les Sud-Américains oublieront pas de sitôt. Je pars sur ces prometteuses gamberges, en glissades somnifères roses et bleu-bébé...

— A table, les hommes. La briffe attend pas!

Jeannot de Pontoise qui me fait émerger, nimbé d'odeurs de cuistance pas rejetables. Si on reste là longtemps, on partira gras comme des loches, emportant dans les pampas l'immense regret de la gastronomie française qui est, aux dires des étrangers, l'industrie la plus mirifique — avec les petites femmes — de notre pays.

— France-Soir est sorti, me dit Jeannot. Tu veux le voir?

— Et comment.

Je lis à voix haute pour Petit-Rébus :

— « SENSATIONNELLE EVASION A... — Deux dangereux gangsters aidés de complices s'évadent du Palais de Justice ».

Je résume la tartine et conclus :

— De ce côté-là, c'est rassurant. Personne n'a pu donner de signalement. Attends : « Alfred Le Cloarec, père d'un des évadés et repris de justice lui-même, a été entendu par les enquêteurs mais a pu faire la preuve de son innocence. Il serait relâché sous peu. » C'est bon, tout ça.

Mais ce que je ligotais maintenant, c'était nettement moins choucard : « Les policiers chargés de l'enquête sur l'incendie criminel du *Croissant doré* ont identifié les corps criblés de balles et brûlés trouvés dans une chambre. Il s'agirait de deux repris de justice d'origine yougoslave, bien connus des services de police parisiens. Le commissaire local interrogé, a répondu que ce règlement de compte est à rapprocher des fusillades qui ont eu lieu la veille du crime et où, selon certains informateurs, André Le Cloarec était visé... »

Ça va très mal pour ma pomme. Un bon procureur de la République aurait sa tête pour moins que ça. Il devient urgent de changer d'air; jusqu'à

La divine surprise. 4.

présent, on me mettait qu'un hold-up sur le dos, mais là, ça fait deux cadavres...

— Tu reveux du soufflé, me demande Jeannot de Pontoise?

— Non, merci, plus faim...

— C'est cet article qui te coupe l'appétoche. Laisse-donc le mérinos. Les journaleux, ils savent plus quoi inventer pour se rendre intéressants, et les commissaires de province, ça leur botte de causer de « certains informateurs », comme les grands lardus des Orfèvres.

— Mouais, je fais, pas convaincu. Vous avez peut-être raison...

— Tu sais ce que me disait Jeannot pendant que tu pionçais, intervient Rébus? Ils ont des Yougoslaves aussi à O...

— C'est vrai, continue Pontoise, ils sont arrivés une dizaine, y'a un mois, ils ont ouvert un troquet dans la vieille ville et se sont mis à racketter tous les commerçants de par ici...

— Ils sont venus vous voir, je m'enquiers?

— Pas encore, je les attends.

— Et qu'est-ce que vous ferez, Jeannot?

— Je les reconduirai jusqu'à la lourde à coups de pelle-bêche sur la tronche!

— Mais personne réagit ici?

— Deux maqs ont voulu faire du rébecca, on les a retrouvés en pleine forêt, à poil et peints en rouge. Il va falloir qu'ils se reconvertissent, ceux-là, n'auront plus d'autorité...

— C'est pas des manières, s'emporte Petit-Rébus

On fait pas ça à un hareng. On le dessoude s'il le faut, mais on le rend pas ridicule. On a jamais vu ça dans le mitan, on respecte d'habitude le travail. C'en est des dégueulasseries, ces types!

— T'en doutais encore, je lui dis, après ce qu'ils t'ont fait. Balancer quelqu'un, tu crois que c'est plus propre, des façons d'enculés, oui.

Même si on avait l'air de trois pauvres cons de moralistes, il fallait bien reconnaître qu'on avait des raisons de se plaindre de cette drôle d'époque. Toutes valeurs morales abolies, l'amitié que fifre, le courage une tare, la bonté un vice... Les mœurs truandes paraissaient singulièrement gentillettes à côté des mœurs politiques, on glorifiait l'assassin sadique, protégeait le touche-pipi traumatiseur, encourageait la saleté. Quand nous, truands, on voyait ces campagnes frénétiques contre les flics, on s'en tordait de tant de gobergerie. On savait encore jouer le jeu, nous, et on avait plus d'estime pour la police que bien des « honnêtes gens ». Pas vu, pas pris, poulaga berné, tant mieux. Mais si coincés, un peu tabassés sur les bords, on en faisait pas toute une histoire, on alertait pas la conscience universelle. Joué, perdu, truand enveloppé, tant pis. Tout ça se passait entre nous, « gendarmes et voleurs », comme sous le préau de la laïque. Une vie pareille, c'était un choix. « Il y a ceux qui tiennent le revolver et ceux qui creusent », il y a les caves et les affranchis, les hommes et les loquedus. Demandez donc à un flic qui il estime le mieux : un braqueur ou l'escroc sournois gommeur de bilans... Tout ça, c'était pour

99

dire que les nouvelles manières en usage dans le Milieu, on était encore quelques-uns à pas les gober, quitte à être traités de paumés conservateurs, sentimentaux aux chasses pas en face des trous...

— J'ai bien envie d'aller y faire un tour à leur troquet à ces métèques, a dit Petit-Rébus échauffé par ces propos.

— T'es naze, avec ton anthropométrie à la une de tous les baveux, tu pourras pas faire un pas dehors sans voir pointer toute la poulaille d'O..., j'ai dit, pas trop convaincant.

— Comment, a sauté Rébus, un mec bien comme Jeannot nous accueille, il te dit que des merdes vont venir l'emmerder et tu prends pas ses crosses!... Je te reconnais plus, André.

— Faites pas les zouaves, a murmuré Pontoise, on s'en sortira bien tout seuls. Il y a vingt piges, c'étaient les bics qui rappliquaient de même, gourmands d'amasser l'oseille dans leurs douars. Ils font pas la loi.

— Tatata, qu'il objecte Petit-Rébus, et pourquoi ils se sont cassés les dents? Parce que tout le monde s'y est mis, braqueurs et casseurs, traficants et maqs, tous unis contre le nord'af. Aujourd'hui, même topo, si on serre pas les coudes, tous au rencard, moi à l'usine et toi au chômage...

Il s'y croyait, Petit-Rébus, la guerre sainte contre l'envahisseur. « Nous avons perdu une bataille... », il s'emportait, bouillait d'éloquence sacrée, préconisait le front uni pour bouter le Yougoslave et le renvoyer sur les bords du Danube.

Comme ça, on s'est retrouvé à onze heures du soir, tous les trois dans la D.S. de Jeannot qui n'en croquait mie. Rébus, toujours aussi excité, voulait entrer rapide dans le bistro, envoyer la fumée à tout va, un peu au hasard, en somme.

On est arrivé dans le vieux quartier, là où dorment les cloches dans des grands cartons, là où s'entassent à dix dans une pièce les terrassiers portugais, là où prolifère le raton vérolé. Des ombres furtives sillonnaient les terrains vagues, nos phares éclairaient des couples en position de pudeur instable, des désosseurs de voitures qui abandonnaient le pneumatique à notre approche. Un bon cave passant par là n'y aurait pourtant rien vu. Il faut être de la rue et de la nuit pour apercevoir les chats maigres de la misère.

Le cave s'y serait pas risqué à entrer dans le troquet aux vitres crasseuses devant lequel on s'est arrêté. Et si malgré l'air pas engageant, une soif inextinguible l'avait fait pousser la porte, il y a gros à gagner qu'il serait vite ressorti à reculons, rien qu'à la sympathie de l'accueil qui devait être, à n'en pas douter, de tendance nettement raciste.

— On y va, qu'il a demandé Petit-Rébus, la mine alléchée et l'index nerveux?

— On y va, j'ai dit, pas emballé par cette expédition punitive qui prenait trop des allures de pogrome.

Un type est sorti sur le pas de la porte, intrigué par le stationnement de notre voiture. En nous voyant claquer les portières, il a essayé de rentrer donner le tœuss' mais Petit-Rébus lui en a pas laissé le temps. D'une détente, il était déjà sur lui et l'arme haute, assénait un coup de canon qui lui aurait sûrement fendu le crâne si l'autre n'avait fait un bond de côté. Le youg a pris le coup sur l'épaule et il est parti à quatre pattes, tout à fait comme un chien au sortir de la bastonnade, en poussant des cris yougoslaves qui ressemblaient, à s'y méprendre, aux *kaïkaï* du cador dont parlé plus haut.

Ça les a alertés, les bandits consommateurs, mais on entiflait déjà dans le bistro, pistolet à la hanche, prêts à balancer la purée. Ils ont vite lâché leurs bouteilles qu'ils avaient eu un moment, oh, un moment seulement, la velléité de brandir. Ils étaient là cinq gniares groupés devant le zing, déplacés avec leurs beaux costars sur mesure qui s'accordaient pas du tout à la mochetée du lieu. Le type que Rébus avait sonné gémissait par terre, la gueule dans la sciure. Derrière le comptoir, une porte avec un rideau de raphia. Les gars avaient l'air surpris, mais, il faut le reconnaître, n'avaient pas peur du tout.

— Jetez tous votre artillerie, a commandé Petit-Rébus.

Il y a eu comme un flottement, puis un premier revolver est tombé, les autres ont suivi.

— Ça va vous avancer à quoi, a demandé un grand mec osseux à l'allure distinguée?

— Tais-toi et plonge, j'ai dit en désignant le sol du canon de mon pétard.

Il m'a regardé d'un air de dire que c'était pas

moi qui payais les notes de teinturier et s'est mis à plat-ventre, imité par ses copains.

Il avait raison cet homme, ça nous avançait à quoi. On pouvait pas tous les tuer, les six, de sang-froid. Notre genre, c'est pas la Saint-Valentin, et tirer sur des gars désarmés, comme des S.S., on le peut pas. Petit-Rébus était aussi embarrassé que moi. Le tort qu'on a dans ces affaires-là, c'est de vouloir causer.

— Vous êtes des beaux fumiers, qu'il a dit pour rompre le silence, Petit-Rébus. Si vous promettez pas d'arrêter vos giries, on vous bute...

Ça manquait vachement de conviction, les rampants se sont même pas donné la peine de répondre.

— Dis-donc, j'ai fait, on va pas rester comme ça toute la nuit.

La tête de Jeannot de Pontoise qui était en guet au volant de la tire, se profila par l'entrebâillement de la porte, inquiet de rien entendre. Rassuré par la situation, il réintégra son poste. D'avoir un peu tourné notre regard, Rébus et moi, ça a réglé la situation qui, effectivement, menaçait de s'éterniser.

Le blessé geigneur, qu'on avait pas pensé à vaguer, a fait un geste rapide, et un ya voltigeur est arrivé avec un bruit soyeux dans la gorge de Petit-Rébus, qui n'eut que le temps de presser la gâchette pour se venger avant de mourir. Comme un homme. J'avais fait un bond en arrière, le bon réflexe car les messieurs se ruaient sur leur artillerie avec un mouvement d'ensemble qui en disait long sur leurs

103

intentions. Je tirai deux fois, comme à l'exercice et mouche à chaque coup. Je courus vers la porte, encadré par les bastos et sortis précipitamment dans la rue, montant en voltige dans la D.S. qui partait déjà.

— Petit-Rébus? me demanda Jeannot nerveusement.

— Tu m'as compris, j'ai dit, encore sous le coup de la bagarre... J'ai pas pu l'emmener, il est tombé raide. N'y avait plus rien à faire.

Ça faisait longtemps que je le connaissais, Petit-Rébus, il était plus vieux que moi mais ç'avait été un bath copain, un vrai voyou. On en perdait un peu plus chaque jour de ces compagnons, jusqu'au jour où on tomberait soi-même, sabré, ne subsistant plus que dans la mémoire de quelques-uns qui parleraient, un peu moins à chaque apéro de vos mérites, de vos coups célèbres et inconnus, de vos femmes, de votre amitié. On dirait d'un tel : « Ah oui, tu te souviens de la B.N.P. d'Aubervilliers, c'était un mec... » ou « le fourgon de Périgueux, un travail de maître! Et qu'est-ce qu'il est devenu? — Il est mort. — Ah bon... »

Il en mourait à l'aube sur les trottoirs de Pigalle, client de la Faucheuse pour un mauvais mot, pour une phrase mal interprétée, il en mourait dans les tôles, les poumons en miettes, il en mourait sur les toits, essoufflés de la cavalcade, sous les bastos réglementaires des rondes de nuit...

Petit-Rébus, il ira plus en Amérique du Sud, il le verra pas le mirifique mariage qu'il avait imaginé dans sa petite tête de hotu, il leur bottera plus le cul à ses gagneuses. C'est ça la vie, puis c'est ça la mort...

VII

— Je vais partir en Auvergne, il a dit Jeannot.
— Pourquoi en Auvergne, j'ai demandé?
— Parce que je suis de là-bas.
— Je croyais que t'étais de Pontoise...
— C'est une ruse. Auverpin, ça fait pas sérieux. On t'appelle le bougnat et jamais on n'aurait l'idée de te confier des affaires sérieuses...
— Pourtant, j'ai dit, rêveur...
— Il est temps que je change d'air, a continué Jeannot. Tu les as pas tous tués, ces ordures, et ils m'ont peut-être retapissé.
— Eh, j'ai fait, et moi, qu'est-ce que je deviens?
— Je te laisse l'appartement et même la boutique si tu veux t'établir...

Il crevait de frousse, il devenait vieux. Le règlement de compte, c'était pas sa partie. Lui, ce qu'il voulait, c'était faire ses casses tranquillement, sans bavures et surtout sans sang. Il trouvait que ça chauffait trop pour sa poire. D'abord moi recherché par toutes les polices de France et puis les sauvages racketteurs qu'allaient sûrement se rabattre pas tard vers sa quincaillerie. Je pouvais pas lui en vouloir, il avait été correct.

— Bonjour aux volcans, je lui ai fait quand il est revenu avec ses valoches. Tu vas continuer la cambriole là-bas?

— Non, fini tout ça. De toutes façons, je comptais me retirer bientôt, alors...

— Qu'est-ce que tu vas faire?

— J'ai des cultures, du caillou, mais ça suffira pour justifier mes rentes.

— Tu vas peut-être te marier, non?

— C'est fait depuis trente ans. J'ai même un de mes fils à Saint-Cyr...

Et il s'est trissé, me laissant complètement abasourdi de cette personnalité qu'il avait cachée à tout le monde.

J'ai passé la journée à bouquiner, à dormir à moitié, mal dans ma peau, ne sachant que faire pour échapper à cette sorte d'angoisse qui me pinçait depuis la mort de Petit-Rébus. Alfred est arrivé en fin de soirée, l'air furieux :

— Petit cornard, c'est malin ce que vous avez fait.

Il brandissait un journal du soir où s'étalait la photo de Petit-Rébus :

— Vous pouviez pas rester tranquilles, hein? On vous lâche dans la nature et vous en profitez aussitôt pour maquiller des conneries. Maintenant les flics draguent O... de fond en comble, il y a des barrages partout et des cachots qui bâillent de t'attendre. Ça va être bien pour te tirer de là.

Je pouvais pas renauder, il avait raison. J'aurais dû calmer Petit-Rébus, l'empêcher d'aller à ce casse-pipe. Je demandai à papa :

— Comment Martine a-t-elle encaissé le coup?

— J'en sais rien, il a répondu brutalement. Elle est repartie à Paris. Où il est Jeannot?

— Trissé. Il a eu le trac que les Youg' l'aient reconnu.

— En plus, il en était, cet abruti. C'est complet. Tu connais pourtant leurs méthodes à ces Yougoslaves. S'ils l'ont vraiment reconnu, ils ne vont rien avoir de plus pressé que de prévenir la poulaille. Et qui c'est qui se fera prendre au nid : André Le Cloarec, le roi des cons!

Là il exagérait, papa. Je lui ai fait comprendre, un peu sèchement :

— Ce qui est fait est fait. J'y ai bien réfléchi à ce que tu me dis, mais sans fric, sans bagnole, sans planque où aller, qu'est-ce que tu voulais que je fasse.

Il s'est radouci et on a envisagé la situation calmement. Pour le braquage qui devait remonter nos billes, fallait pas y compter dans le coin, ça grouillait tellement d'uniformes en ville qu'on aurait déjà un pot terrible si je pouvais passer les portes d'O...

— Il te faut des faux-fafs, il faudrait aussi que tu changes ta gueule.

— Fric, Alfred.

Le mieux, à mon avis, c'était de tenter le coup

à la surprenante, on verrait à fignoler après. Vers dix heures, bien des barrages de police devaient être levés, il s'agissait de trouver la bonne route, la voie sans embûches.

— Gi, a dit Alfred, mais tu te rends compte de ce que tu me fais faire à mon âge.

— Je te rajeunis, pa', j'ai répondu en l'embrassant affectueusement. Alors, direction première?

— Bourges. On y trouvera Charlot-la-Chiffe qui nous donnera sûrement un coup de main. Pour les papiers, ça pose pas tellement de problèmes, seulement pour l'oseille, il faudra improviser sur le tas et...

— T'aimes pas beaucoup ça, je le coupe, je sais papa.

Il nous restait à lever une bagnole avant de partir, Alfred voulant pas se servir de la sienne, au cas où on rencontrerait un barrage. Je suis sorti et j'ai pas eu à aller très loin, à trente-mètres de la quincaillerie, un distrait avait laissé les clés de son I.D. break sur le tableau de bord. Ce que les gens sont imprudents! Une perpétuelle tentation pour le truand...

J'ai fait le tour du pâté de maisons pour me trouver dans le bons sens et j'ai klaxonné légèrement pour avertir Alfred qui s'est pointé aussi sec, une valise sous le bras.

— Qu'est-ce que c'est, je lui ai demandé en démarrant en douceur?

— Le matériel à Jeannot. Cet enfoiré avait tout laissé sous son lit. Ça peut toujours servir.

Il pouvait servir à bien des choses l'assortiment cambrioleur, mais sûrement pas à forcer un barrage comme on en a trouvé un sur la route de Bourges, herse détendue, gardes-mobiles à l'œil farouche. Le rossignol polisson jamais ne ferait lever la barrière blanche et noire qui se dressait en travers de la chaussée.

Alors, j'ai fait comme si je conduisais un char d'assaut. J'ai rétrogradé en seconde, moteur hurlant, plein-phare pour aveugler et foncé sur le côté, là où les clous de la herse pouvaient pas inquiéter mes pneus.

— Fais gaffe au fossé, a hurlé Alfred en tiraillant au hasard pour ajouter à la confusion.

C'était à l'extrême limite, dérapant sur l'herbe un peu grasse, la voiture heurtait la 404 blanche qui formait barrage, chassant de l'arrière, zig-zaguant vers le fossé pas très profond mais qui suffirait à nous arrêter définitif. Et puis on est passés, poliment salués de rafales de Sten qui étoilèrent le plastique arrière.

— Décarre, défonce le plancher a recommandé papa, ce qui était superflu. On a du bol qu'ils aient pas eu de motards avec eux.

— Ça va pas tarder, j'ai prophétisé, guettant anxieusement l'arrivée, dans mon rétro, des chevaliers de la route sur B.M.W.

Heureusement, papa, il connaissait le coin, alors on a abandonné la nationale pour s'introduire subrepticement dans la campagne solognote. On roulait en silence, les nerfs à vif, crâmant cigarette sur cigarette. Il faut avoir été traqué pour comprendre, pour flotter dans cette espèce d'état second où on ne réagit plus que par réflexes, le cerveau vide. Les chasseurs à courre sont des salauds.

A tourner comme ça dans les bois, on a mis des heures à atteindre Bourges où un petit soleil pointait déjà au-dessus des ardoises. Charlot, on allait le trouver à l'ouvrage, son béret vissé, la pipe en bataille sous sa grosse moustache grise. Grise, parce qu'il avait quand même pas eu le culot de la teindre en noire, les amis auraient rigolé. Car Charlot-la-Chiffe avait quatre-vingts ans...

Insoumis à la guerre de 14-18, il vous avait tiré du Biribi gros comme le nerf de bœuf qui lui avait crevé l'œil. Il prétendait avec un rien de coquetterie que c'était le climat malsain du bagne qui lui faisait maintenant résister à toutes les pollutions que sécrètent les grandes villes. Avant la seconde guerre mondiale, il contrôlait avec ses cinq fils tous les jeux (Et ça allait du flambe aux machines à sous.) des villes du centre. Il ne lui en restait plus que deux, de fils, et plus du tout d'empire. Un des garçons était mort à Dunkerque mais ça n'était pas grave, son père l'ayant maudit pour s'être engagé, un autre en faisant passer — pour moult piécettes — la ligne de démarcation à des Juifs, le troisième — également maudit —, sur le front de Russie, dans les rangs de la Légion Charlemagne.

Charlot-la-Chiffe, qui, devine marlou, avait choisi le bon côté tout en travaillant pour le mauvais pendant l'Occupation fridoline, s'était ainsi retrouvé riche à claquer à la Libération, sans, comme beaucoup d'autres, être inquiété par les nouveaux maîtres qui pratiquaient, qu'on s'en souvienne, une politique épurative basée sur la dialectique mitraillante et qui firent aux truands une concurrence déloyale à l'arraché des banques et des bureaux de tabac.

Hélas, des temps plus sereins arrivèrent, et Charlot dut se reconvertir dans la récuparion en gros où il réussit aussi bien que dans les tapis, tout en y perdant cette auréole patriarcale et filouteuse que tous les truands français s'accordaient à lui donner.

Il était là sur son chantier, ouvrant des sacs de plume, houspillant les manœuvres, pesant du plomb, actif comme toujours, bien qu'il ait amplement gagné de se reposer, et surtout qu'il le pouvait; avec ses dizaines de camions, sa presque centaine d'ouvriers et ses deux fils, l'affaire marchait toute seule... Comme quoi, les bandits ne sont pas forcément des feignants.

— Tiens, les Bretons, il a simplement constaté en grommelant, nous voyant apparaître auprès de lui.

— Bonjour, monsieur Charles, a dit respectueusement papa. (On connaissait personne qui tutoie la Chiffe.) On aurait besoin de vous, on est dans le pétrin.

— Qu'est-ce qu'il vous arrive, bande de ploucs? Alfred, je croyais que tu te serais assagi avec l'âge. On dirait que non.

— C'est le petit qui a fait des siennes, monsieur Charles. Vous avez pas lu dans les journaux?...

— J'en ai pas le temps et puis ça ne m'intéresse pas. Et puis je sais pas lire.

Il a fallu tout lui raconter devant la bouteille. Il

nous écoutait attentif, grognant de temps à autre, soulignant d'haussements d'épaules le récit de mes superbes couillonnades.

— Je vais t'aider, Alfred, il a conclu. Je vais le faire parce que je t'estime un peu. Tu es comme moi, tu as le sens de la famille, bien que tu aurais peut-être pu faire un fils plus intelligent que celui-là. Vous allez venir à la maison et je vous garantis que personne ne viendra vous y chercher. Tu auras tes papiers ce soir, René (mon aîné) va s'en occuper tout de suite. Je vais même te donner de l'argent, tu m'entends, Alfred, parce que je veux pas que tu sèmes ta merde ici. Les banques, tu les choisiras dans un autre secteur. Allons, venez.

On a quitté son bureau et on est partis pour chez lui, un peu en-dehors de la ville. En entrant, je remarquai, au-dessus de la monumentale cheminée de bois, une panoplie extraordinaire d'armes anciennes. Je ne pus retenir un sifflement d'admiration devant les pièces rares qui y figuraient :

— Tu t'y connais, petit? il m'a demandé Charlot.

— Un peu, monsieur Charles, j'ai bricolé dans l'antiquité.

Jusqu'à présent, il m'avait guère regardé. A ses yeux, comme trou-du-cul, je me posais un peu là. D'un coup, je l'ai passionné, sous le sourire fier et approbateur de papa :

— Alors petit, dis-moi donc un peu ce que c'est que ce pistolet, me demande-t-il, l'air matois en désignant une arme.

— Revolver, monsieur Charles.

— Quoi?

— C'est un revolver et non un pistolet. Colt « Navy » à percussion, action simple, calibre 36, déclarai-je avec un beau détachement.

Il me jeta un regard fugace et se le tint pour dit, mais son attitude est devenue, de ce moment, plus amicale. On n'a plus été les cloches qui viennent mendier un croûton à la porte du castel. Comme quoi, ça sert l'instruction.

Après la tortore de première en compagnie de Charlot et de ses deux fistons qui, avant de s'asseoir, durent faire le compte-rendu détaillé de leur matinée, Alfred partit faire sa sieste tandis que je demandais la permission de téléphoner.

— Allô, la bibliothèque du Xe? Pourrais-je parler à Mlle Martine? C'est toi, Martine? C'est André. Bon, tout va bien, on descend vers le midi avec Alfred. Dans une semaine, tu n'auras qu'à nous rejoindre. Tu iras tous les jours, à cinq heures, à la gare routière à Aix. Je te contacterai... Mais oui, je t'aime.

Charlot était retourné à son chantier, âpre au gain. Dans le courant de l'après-midi, René, son fils, revint avec un matériel de photo et une bouteille de teinture. Il n'aimait pas notre présence, René, ça se voyait; tourné cave, s'il y avait pas eu son dabe dont il avait la peur bleue, comment qu'il nous aurait jetés dehors.

— En blondinet, tu plairas encore plus aux dames.

— Comme TU veux, René, alors amène pas la tienne.

Le vanne lui plaisait pas et il l'a plus ouvert pendant qu'il me passait sa lotion sur les cheveux et les sourcils. Il m'a pris le portrait plusieurs fois (En me faisant changer de cravate, précaution pas inutile quand on date des fafs d'années différentes...) et s'est trissé pour développer les photos.

J'ai maintenant une tête d'enfant sage, la raie sur le côté. Je vais me laisser pousser la moustache en n'oubliant pas d'emmener la teinture pour cette retouche finale. Charlot a mis à ma disposition du linge propre et je prends un bain avec grande délectation. Papa se radine, l'œil frais, le teint clair et je comprends que maintenant, tout va aller comme sur des roulettes, l'équipe est reconstituée, le moral intact malgré les embûches passées et à venir.

— Ça te va bien, le blond, me dit-il en rigolant. Si tu fais encore des conneries, on te teindra en rouquin, comme ça, tu pourras choisir en connaissance de cause.

— Martine va pas me reconnaître.

— Oh, ça!...

Charlot-la-Chiffe arrive sur ces entrefaites, bondissant comme un jouvenceau :

— Bon, écoutez, les petits. Je vous prête une Mercédès, tout en règle; Alfred, t'auras les papiers. Vous me la renverrez sitôt que vous en aurez plus besoin. La vôtre, enfin celle avec laquelle vous êtes venus, elle est passée au concasseur, les balles qu'il y avait dedans aussi. Je vous file cinq cents sacs, je peux pas faire plus. (Je trouve déjà ça bien, il y en a pas des bottes qui les donneraient sans beaucoup d'espoir de retour, je me dis en moi-même.) Les papiers seront prêts ce soir, vous pouvez passer la nuit ici, mais demain, hop, c'est l'heure des braves. D'accord?

— Yes, a répliqué papa. On saura se souvenir de ce que vous avez fait pour nous, monsieur Charles.

— J'espère bien qu'au contraire, vous allez m'oublier, complètement.

On lui a souri. Dans le fond, il était comme le bon pain malgré ses airs braques. Il se mouillait salement pour nous. Je vois bien que j'ai tort de tant gueuler contre le mitan. Il est vrai que Charlot, il était de la vieille école. De la très vieille...

René a ramené les faux fafs, pour deux, Charlot avait trouvé plus rassurant d'en équiper aussi papa. Le Cloarec, c'était un nom qui devait pas être facile à porter en ces temps. Carte grise, permis de conduire, carte d'identité nationale, même un permis de chasse. Alfred devenait Richard Sabouleux et moi Legrand, prénommé Michel par un René qui devait pas souvent écouter de la musique. On va se coucher, pompés, en faisant l'adieu reconnaissant à Charlot qu'on ne reverra pas.

Le lendemain, aux aurores, on se lève guillerets et on prend la route du midi, via Lyon, où papa compte s'arrêter quelques jours pour qu'on s'occupe des finances. La voiture prêtée par la Chiffe est presque neuve et ronfle avec un gentil bruit rassurant :

— On pourrait aller en Argentine, j'ai dit à papa. Il paraît qu'à Bahia-Blanca, c'est un vrai délice pour finir ses jours.

— T'en fais pas, on verra ça plus tard, a conclu Alfred avec un bon sourire.

VIII

A Lyon, on s'est installé dans un bon hôtel par la place Bellecour. Comme dit papa, « les truands en cavale, il faut toujours qu'ils aillent se planquer dans des boui-bouis infâmes que les flics tiennent à l'œil. Tandis que les palaces, ils contrôlent même pas ». Je me la coulais douce en attendant que papa ait trouvé un encaisseur ou une banque dignes d'intérêt. Alfred, il voulait pas que je sorte, « fallait pas tenter le diable ».

Je pouvais pas y croire que tout ça s'était réellement passé, qu'on avait vu tant de cadavres en si peu de temps. Les journaux parlaient même plus de moi, par ici en tout cas.

— Ça y est, me dit papa en revenant un soir de ses subtiles prospections. Un encaisseur, un vrai pépère. Toujours le même trajet, un boulot de débutant.

— Grosse somme, j'ai demandé ?

— Je peux pas savoir avec certitude combien,

mais vu les magasins qu'il décharge, ça fait bien cinq briques.

— C'est peu, j'ai dit, à deux... même trois avec Martine. On peut pas partir en Argentine avec ça. On aurait l'air de pauvres.

— J'ai dit cinq, ça peut être quinze, je lui ai pas demandé, moi, à ce pauvre vieux. On est forcés de taper un peu au pif, ça urge, tu le sais.

— Bon, comme tu voudras, Alfred, c'est toi qui commandes.

— M'appelle plus Alfred, c'est Richard mon nom. Ça sera pour après-demain samedi; c'est de l'autre côté du Rhône, dans le quartier de la Guillotière.

Je m'en foutais bien de savoir où c'était, ce que je voulais, c'était quitter le pays avec Martine, plus entendre parler de tout ça. Pour l'organisation, je lui faisais confiance à papa Alfred-Richard.

— Pas de sang, hein? je me suis inquiété.

— Non, tout en finesse. Un coup de goumi et il y aura pas de renaud. Un vieux comme ça, le temps qu'il dégaine, on aurait le temps d'aller à N.D. de Fourvière et à pied encore.

C'est bien vrai que les encaisseurs sont pas sérieux. Un jour, je me souviens, on en avait serré un à Saint-Nazaire. On lui avait arraché sa serviette et, revenus à la maison, alors qu'on vidait la sacoche pour faire le partage, on avait trouvé, au fond, le pistolet MAB du type. S'il avait pensé à s'en servir, il aurait fallu qu'il fouille parmi les liasses... C'est pas du travail, ça!

On le guette, celui-là, avec quand même un peu

d'appréhension, papa encoigné dans un éventaire de librairie et moi, de l'autre côté de la rue, devant un marchand de chaussures où les mocassins, à me voir, m'intéressent plus que tout au monde. Heureusement, la rue est à sens unique, ce qui fait que j'aurai pas trop de mal à traverser quand le moment sera venu. On l'aura presque en fin de parcours, l'encaisseur, en figneté au milieu de la foule, ce qui devrait garantir l'enveloppement. Car il y a un trêpe monstre, ce monde tout chargé de paquets, délestés de ce que nous, on compte bien empocher. Les flics devraient mettre un certain temps pour arriver sur les lieux, vu que, comme je l'ai déjà dit, on profite d'un sens interdit qui les obligera, ces naves, à un sérieux détour.

« Chaussures en daim, 59 Frs 95, tiens, merde, ça y est, le voilà! »

Papa se met en marche à la rencontre du petit vieux à l'air gentil et fragile qui arrive en boitillant avec précaution. Il a des cors, sans doute. J'enlève la béquille du vélomoteur que j'ai piqué, il y a pas une heure, devant un cinéma, je roule jusqu'à la chaussée, l'enfourche.

Papa croise l'encaisseur et puis revient sur ses pas et aborde le type juste à ma hauteur. Il l'accroche par le bras, comme s'il rencontrait un vieil ami de régiment, souriant, bonhomme. Je suis certainement le seul de toute la foule qui se bouscule sur le trottoir à saisir les mots chuchotés de manière menaçante :

— La serviette ou t'es mort!

Le tout ponctué d'un canon qui se dessine fort bien dans la poche du pardessus de papa.

Il n'a pas envie de mourir, le petit encaisseur, il a beau être vieux et fragile, il s'y retient encore à la rampe; comment qu'il la lâche sa sacoche, blême, l'œil vidé. Ils sont tous les deux presque embrassés, et pas plus que les paroles, la foule ne se rend compte de l'échange de bons procédés qui suit : l'encaisseur donne la sacoche à Alfred, et Alfred, comme pour le remercier, lui donne un violent mais discret coup de poing dans le plexus.

Le petit vieux est pas encore tombé que papa est déjà sur le siège arrière de ce vélomoteur genre « sport » et que je démarre en trombe. Derrière, sur le trottoir, dans deux secondes ça va être les « oh, mais qu'est-ce qu'il y a ? — une crise cardiaque peut-être — Moi je vous dis qu'il est saoul, je le disais à Marcel... » Quand il se réveillera et s'expliquera, l'encaisseur, on aura passé le feu du bout de la rue, en fait le seul danger de cette entreprise. Avec une voiture, on avait cinquante pour cent de chances de se faire bloquer. En plus, on pouvait pas stationner. Pour ça, la pétoire est idéale. Remarquez qu'on doit faire un drôle d'équipage, papa, l'air distingué, serrant une serviette sur son cœur et conduit par un jeune blondinet à l'allure sauvage. Enfin, depuis que les soyeux vont à leurs bureaux à bicyclette, on peut plus s'étonner de rien.

On traverse le Rhône par le pont de l'Université et on arrive tranquillement dans le centre, abandonnant la machine à deux roues, parce que tout de même, on n'a pas habitué le groom de notre hôtel à pareilles fantaisies.

— Pour une surprise, c'est une surprise, répète papa quand, enfermés à double-tour dans sa chambre, on a fini d'aligner les liasses.

Ça aurait pu être une mauvaise surprise, depuis quelque temps, on les collectionnait. Un coup dans le genre : « mince-zut-crotte, que des chèques! » Non, là c'était l'étonnement joyeux et, d'ailleurs, on a recompté deux fois pour pas avoir de fausse joie :

— Vingt briques, c'est pas croyable!

— Comment, c'est pas croyable? j'ai fait, faussement indigné. Tu m'avais bien dit que c'était peut-être quinze. Le boni est pas immense.

— Je comptais plus sur cinq ou six que sur quinze, il a avoué. Ça dépasse toutes mes prévisions...

— Un commerçant qui a profité du passage pour refiler ses économies...

— Peut-être, il a dit, Alfred, en ce cas, il a pas choisi le bon jour.

Je pensais que maintenant, Martine, elle devait m'attendre à Aix, qu'on allait plus avoir de problèmes, qu'on s'embarquerait rapidement pour l'Amérique du Sud. Juste le temps de se faire de faux passeports, et adieu France!

On est parti le lendemain matin, un dimanche plein de promesses étourdissantes qui prenaient des airs de réalité plus on descendait vers le midi. Les joueurs de pétanque nous regardaient avec sympathie, rien qu'à l'odeur qui nous tombait du ciel, il aurait été inconvenant d'être pessimistes. Papa se chantonnait des musettes et n'arrêtait pas de lancer des plaisanteries polissonnes quand on croisait les amusantes filles de par là. On a mangé comme des dieux à Montélimar, un repas à vrai dire un peu trop arrosé, mais comme dit le poète, « il faut jamais lésiner sur la joie ».

— Dis donc, papa, qu'est-ce que tu en penses, toi, de Martine?

— Une très chic fille, et courageuse. Tu aurais vu comment qu'elle leur a tenu tête aux lardus pour mon alibi après ton évasion.

— Tu sais qu'on va se marier?

— Ah, qu'il m'a dit en riant, tout de suite les idées malhonnêtes.

— Ça te ferait pas plaisir, même, d'être grand-père?

— Le voilà qu'il me pousse dans la tombe, ce garçon-là!

— Mais tu seras arrière-grand-père comme un rien, j'ai fait en lui donnant une bourrade amicale.

— C'est ça, et j'aurai une grosse bande, comme Mandrin. La bande à Alfred...

Sur ces perspectives heureuses mais qui, avouez-le, étaient pas rassurantes pour le bourgeois, on a continué notre voyage, sans nous presser pour pas tomber dans l'accident stupide.

A la Marsiale, j'y étais jamais venu, et de voir ça si grand sous un beau vieux bleu ciel du soir, ça m'a fait penser à un immense bateau, un sourire magnifique de la Providence. Même les boulots qui, à l'heure où on est arrivés, commençaient à sortir des usines, avaient pas cette mine effarée, cette gueule accablée des prolos de chez nous. La lessive pendue sur les balcons des achélèmes avait une vulgarité de bon aloi, une sorte de canaillerie gentille qu'allait droit au cœur. Papa m'a emmené sur le Vieux Port, parce que les navires, moi j'aime ça. Je resterais des heures à les regarder manœuvrer et, l'eau grasse du port, je la trouvais plus belle qu'un torrent des Alpes.

Alfred, il connaissait du monde ici, et rien que du beau, parce qu'à Marseille, on trouve plus d'hommes au mètre carré que dans toutes les villes de France.

— Gaffe, qu'il disait en rentrant dans les bistros, je m'appelle Richard...

— Vouéï, salut Richard, que clamaient ses copains. Quelle bonne affaire t'amène!

— Un ami, Michel, me présentait-il. (Et il ajoutait tout bas :) C'est mon fiston!

— Oh, qu'il est beau, misère. Je me souviens quand j'étais passé chez toi en 54, il était haut comme ça!

Et de penser que, ma jeunesse, ça évoquait pour eux un coup fameux, ça me rendait presque aussi fier que l'estime dont papa jouissait partout. Papa eut vite fait de trouver pour cent mille balles pièce (un vrai prix d'ami), un gars qui lui donnerait deux passeports garantis « authentiques » le lendemain même.

Comme on avait décidé de pas se priver, on est allé se briffer comme deux bons caves de touristes, sur la Corniche, dans un resto « panoramique » où on nous a sacqué le morlingue en nous refilant des salauderies.

Puis on s'est couché, papa avec une jeune Anglaise qu'il avait levée en lui faisant à l'esbrouffe un joli numéro de truand marseillais, moi tout seul parce que j'avais trop de Martine qui dormait à trente bornes de là.

Le lendemain matin, je fais renvoyer par la S.N.C.F. la Mercédès à Charlot et je lui adresse un mandat rembourseur. Couillon que je suis d'avoir pas fixé le rencard à Martine à dix heures du mat'... Il va falloir que j'attende encore presque toute la journée. On est invité, papa et moi, chez la Babouche, un ami sincère à lui, le seul truand que je connaisse qui écrit de la poésie. Remarquez, il y en a peut-être d'autres, mais ils s'en vantent pas et se font pas éditer non plus.

On l'appelle la Babouche parce qu'il peut plus mettre de chaussures depuis que la carlingue a jugé bon, pendant la guerre, de lui rôtir la plante des pieds au chalumeau. Alors, plutôt que de se balader en charentaises, ce qui ferait négligé pour un homme de sa condition, il s'est fait confectionner des babouches orthopédiques et chamarrées. Personne se permettrait d'en rire, pas plus que de la poésie, parce que la Babouche et son clan, c'est des terribles.

Je traîne sur le Vieux-Port, je vais au moderne qui ressemble à rien et où on voit que dalle et je me pointe, à ricard moins le quart, au quartier général de la Babouche où papa est déjà attablé en compagnie de son poétique ami.

— Vouais, adieu, le petit André (Il peut causer fort, la Babouche, pas une mouche se risquerait ici.), viens que je t'embrasse. Alors, tu as fait des tiennes par chez toi? J'ai vu ça dans les journaux. Vous le voyez, ce petit, il fait en me désignant au cercle de ses hommes attentifs et respectueux, eh bien, il a plus de couillettes à lui tout seul que vous tous réunis. (Je rosis sous le compliment.) Tu resterais, André, on ferait des malheurs tous les deux...

— J'ai trop de poulets au cul, monsieur la Babouche...

— Eh, appelle-moi la Babouche tout court, ici, c'est pas comme chez ces enfoirés du nord, tu vois, tout baigne dans l'huile et la bonne humeur. Alfred, il fait à papa, tu as là un bon petit gars. Je voudrais que tous les jeunes lui ressemblent.

Je suis pas sûr, quant à moi, que monsieur Marcellin apprécierait beaucoup ce genre de génération.

— C'est bien ce que tu as fait, il reprend. La guerre contre les Yougoslaves, c'est primordial. Ils ont bien essayé ici, mais ils étaient pas de taille, ces pitchounets, pas plus que les pieds-noirs ou les bics. Il y en a un, on l'a accroché au clocher de Saint-Calixte, c'est les pompiers, avé la grande-échelle, qu'ils l'ont redescendu.

On se marre tout en pensant à la tête du métèque et on passe à table après que la Babouche m'ait solennellement dédicacé sa dernière plaquette de vers dont je puis vous donner, en primeur, l'extrait suivant : « *Le jardin délaissé s'enivre en quiétude / du soleil de midi; chagrin de solitude!* »

On y est resté jusqu'à presque quatre heures à table. Babouche, émoustillé par mes aventures, raconta des histoires embrouillées de réglements de compte entre Sardes, Corses et Marseillais, avec des arraisonnements de bateaux à la 12,7 lourde, des ballots de Lucky Strike partant en fumée par milliers, des westerns sanglants en pleine rue de Bonifaccio, clan contre clan et à coups de chevrotines. Qu'il me pardonne, la Babouche, mais je l'écoutais que d'une oreille, toute distraite, et, quand on s'est levé, bourrés de palourdes, moules et bigorneaux, j'ai fait qu'un saut jusqu'à la petite Austin de louage, dévorant vite-vite la Nationale 8.

Que de baisers, que de baisers et que de fête, le manège recommençait! Encore aujourd'hui, je serais incapable de retrouver son hôtel, parce que j'en avais rien vu du chemin, plein d'une frénésie de la regarder, de brouter ses fossettes, de caresser sa nuque. Et quand on a eu fini de nous engloutir, quand un peu de paix est descendue sur nos sueurs, le soleil ne passait plus ses rayons entre les stores baissés de sa chambre. Ma petite enfant à moi!

— J'ai donné ma démission, elle m'a dit simplement.

— Tu verras, Tine, cette vie que je te fabriquerai. Avec ce qu'on a, avec Alfred, on montera une affaire d'exportation, mais attention, honnête, hein!

— Et qu'est-ce que tu exporteras, mon André?

— Des armes.

Je téléphone à papa pour pas qu'il s'inquiète et lui dire que je passe la noïe à Aix, que je reviendrai le lendemain, avec Martine. En retour, il m'informe qu'il a les passeports et une surprise. Je cherche même pas à savoir ce dont il s'agit, car il faut toujours remettre à demain ce qui n'est pas essentiel aujourd'hui, et je raccroche pour me replonger dans de magiques vagues. O Eole!

J'explique à Tine comment son frère est mort, je magnifie sa fin.

— Surtout, il a pas souffert. Il est tombé droit, seulement après avoir tué son assassin. S'il avait pu parler, il t'aurait confiée à moi, je dis, un peu suffisant.

— Il t'estimait, Petit-Rébus, qu'elle me répond.

On se fait monter le dîner dans la chambre, et la mignonne soubrette qui apporte le plateau, zieute avec un brin de langueur dans les yeux, le lit dévasté aux draps en tirbouchon. L'amour, c'est comme l'apéritif, et on le prouve, Tine et moi, en vrais Pantagruels... Et puis, comme c'est le meilleur digestif...

Le monde, il n'a plus de gendarmes, il est comme un caillou bien lisse, une pierre jeune et dure qui roule sous le sabot du cheval Bonheur. Le monde, il a perdu ses saletés, ses guerres, ses bidonvilles, ses orties et ses bidets d'eau poilue. Le monde, parole, on se l'achète pour une poignée de sourires, pour une main franchement offerte. Plus de nigauds à l'assaut des banques blindées, parce que plus de banques, plus de cette jeunesse qui perd son sang en des combats sans foi au fond des quartiers mal-famés... C'est ça que je dis à Martine à grands coups de reins, c'est ça que clame toujours, à haute voix, l'amour d'un truand.

IX

L'ennui, avec les femmes, c'est qu'elles éprouvent toujours le besoin de parler, d'expliquer le pourquoi de la chose, et t'es si beau, si pas comme les autres. Martine échappe pas à la règle commune, elle se justifie d'un tas d'événements qu'elle a même pas pu contrôler, où elle était entraînée. Il faut dire que d'un seul coup, passer des rayonnages d'une bibliothèque à une série d'attentats, participer à une évasion de malfrats, ça doit choquer. Elle a pénétré dans un monde qu'elle soupçonnait pas, le monde des coups fourrés, des règlements de comptes à la brutalité, le monde affreux des bandits où s'exacerbent les passions et les défauts, où chacun donne son chacun pour une poignée d'orties...

A peine peut-être eut-elle pu deviner par son frère, mais je me doute que Petit-Rébus était pas du genre à clamer ses exploits sur les toits pour épater les donzelles. Elle parle, Martine, elle s'en libère pas qu'un peu de la tension canaille des dernières semaines.

— Jamais j'aurais pu croire, elle dit, que ça pouvait se passer comme ça, que des hommes puissent vivre des histoires de roman.

— Oh, tu sais, je dis, des trucs comme ça, c'est un peu exceptionnel. Le milieu passe pas son temps à s'entretuer. On doit même trouver moins de meurtres, à proportions gardées, chez la truandaille que chez les honnêtes gens. Et puis on essaie de se tuer entre nous, c'est plus poli. Un encaisseur qui canne, c'est un accident du travail, comme le boulot qui pète sa machine-outil à trop courir après le rendement.

— J'ai peur, André, j'ai peur sans arrêt. Je ne sais plus comment je vis, j'ai changé, en peu de temps...

— Tu as vieilli, on vieillit tous un jour, à grands coups reçus dans la gueule, à attendre on ne sait trop quel mirage, le gros lot ou le tiercé chez les caves, le coup énorme chez nous. Toi, je dis en souriant, tu dois vieillir d'aimer...

— Je sais pas, je ne sais plus très bien. Même ton Amérique du Sud, je n'arrive pas à y croire tout à fait.

— Ferme les yeux, j'intime, je vais te le brosser, moi, le mirage, tu vas voir la chouette aquarelle : d'abord, il y a le ciel, il est tout bleu, et puis la mer, on devine jamais à l'avance de quelle couleur elle est parce qu'elle veut faire des surprises, et puis des grands immeubles tout blancs, air conditionné, avec des distributeurs d'eau fraîche. Là-bas, on compte pas les années parce que les saisons, tu comprends, elles sont pas pareilles qu'ici. Alors, tu meurs jamais...

Elle s'est mise à chialer sur mon épaule, à gros sanglots convulsifs :

— Si tu me promets de plus grimper sur le Littré pour faucher les pots de confiture, je te pardonne, je lui ai dit en caressant ses cheveux.

— Tu es bête, elle me fait en me fixant de ses indescriptibles yeux noyés de larmes. Si seulement, on pouvait toujours faire dans la vie comme dans une démonstration de géométrie : la ligne droite est le plus court chemin... Un angle droit a obligatoirement 90°, le carré de l'hypothénuse est toujours égal à je ne sais pas quoi...

— J'ai jamais aimé la géométrie, je la coupe un peu agacé par cette philosophie de quat' sous. Ça m'a jamais paru humain.

On repart au matin, après avoir visité la Bibliothèque Méjanes et on arrive à la Marsiale pour le déjeuner, au troquet de Babouche. Quelques saurets se réchauffent au soleil de la terrasse et jettent un regard connaisseur à Martine :

— Si tu vends, je suis acheteur, me lance l'un d'eux, un jeune tout couturé qui doit la faire au baroudeur pour emballer les fesses fraîches !

— Pas de balourdises, je lâche sans me fâcher, ce petit lot, c'est personnel.

— Fais excuse, mec, il me renvoie gentiment avec un petit geste de la main, comme pour dire : « C'est un compliment. »

C'est d'ailleurs bien comme ça que je le prends. La surprise d'Alfred, elle est là devant le zing, avalant force apéros :

— Salut, Luc, je lance, très jouasse.

— Oh, mon frère, il s'élance, quelle santé tu as.

131

Il bise Martine, et on s'y met à jacter, devant le traditionnel pastis. Papa est pas encore rendu et s'occupe, me dit Luc, des places de bateau pour le big départ.

— C'est ton père qui m'avait donné ses points de chute à Marseille avant de partir. Comme je te devais des sous, mais si, tu sais, la came que t'avais trouvée dans le garage aux Yougoslaves, je suis venu. J'irai après faire un tour à Toulon, ça me rappellera le vieux temps de la marine, quand Toune et moi, on habitait la rue d'Alger. Et puis, j'ai autre chose, mais pour Martine...

Il sort une seconde enveloppe qu'il tend à ma douce amie étonnée :

— C'est les comptées des dames de votre frère qui n'avaient pas été relevées depuis belle heurette, il fait comme ça. Il y en a pour près de deux millions, ajoute-t-il avec admiration. On a retiré ce qu'il fallait pour lui faire un enterrement de première classe. Boudi, ces fleurs qu'il y avait, ça venait de tous les coins de France.

Nous voilà encore un peu plus riches et fort contents de l'honnêteté de Luc qui regarde d'un air curieux, l'échantillonnage de malfrats qui nous entourent. La Babouche paraît comme un roi en écartant le rideau de lanière-plastique, suivi de toute sa petite cour. Il jette un regard soupçonneux sur Luc, puis voyant qu'il est avec moi, se rassénère. Il vient vers nous et nous serre la paluche :

— Et comment la santé elle se porte, filous ?

On l'assure avec empressement du parfait bon état

de nos cellules et on se remet à picoler en chœur, bientôt rejoints par Alfred qu'a l'air satisfait :

— J'ai les places, il nous dit, trois premières pour Buenos-Aires.

— Ah, Buenos-Aires, nostalgise la Babouche, des vieux arcans m'en ont parlé. C'était le paradis sur terre, un pays où il y avait qu'à se baisser pour ramasser du pognon à la pelle. C'est bien fini tout ça, maintenant, il faut la technique pour réussir, pour un casse chez un bijoutier, il te faut tout un tas de « gadjé » électroniques, les poulettes pour les allécher, il faut des mises de fonds énormes, tout est faussé. Nous ici, on avait les Ricains, on travaillait bien avec eux, ils étaient gourmands, mais au change, on s'y retrouvait toujours. Il a fallu que le grand con les vire. Tiens, c'était bien la peine de faire de la Résistance.

— Il est décoré, me signale papa...

— Et comment que je suis décoré! Même que Gaston il a dit un jour comme ça : « La Babouche, notre grand héros marseillais »... C'est pas avé la radio que j'ai résisté, moi, c'est avé la mitraillette. Ça se vendait bien, d'ailleurs, la mitraillette, il ajoute d'un air matois. A la Libération, tout le monde en avait, des gamins qu'avaient à peine dix-huit ans, ils se baladaient avé la Sten en bandoulière, avé une dizaine de grenades, deux colts, un poignard et tout plein de galons que c'en était à croire qu'il y en avait pas un seul, de deuxième classe, dans leur armée de jeans-foutre...

— Moi, intervient un truand qui ressemble un peu à John Wayne, je savais pas quoi faire : Gestapo ou

Résistance. J'ai commencé avé la première, mais ils m'ont fait une arnaque sur une affaire de faux points textiles, et je les ai plaqués, ces fumiers. Je l'ai pas regretté parce que la Résistance, ça payait bien, et puis après, j'ai été considéré.

— Té, il est vénal, celui-là, a rigolé la Babouche en lui donnant une tape amicale sur le sommet du crâne.

Luc se lance timidement dans la conversation :
— Et la politique, c'est bon, la politique?
— O misère de Notre-Dame, si c'est bon la politique? C'est du gros gâteau, mais c'est toujours pareil, il faut choisir le gagnant. C'est du quitte ou double, et dangereux, petit... Mais il faut pas parler de ça, parce que lui, dit Babouche en montrant John Wayne, lui il est gaulliste, et moi je suis socialiste...

— Et ça nous empêche pas de boire ensemble, complète le gaulliste, parce que les affaires, elles sont les affaires et le sentiment, c'est le sentimeng'.

Je les soupçonne d'en rajouter un peu pour épater le cave qu'est Luc, mais dans l'ensemble, tout est exact. Marseille, tais-toi Marseille!

On partira, Alfred, Tine et moi, le surlendemain. Ça nous laisse le temps de faire une cure gigantesque de fruits de mer, de nous promener un peu en Provence.

— Et pourquoi vous iriez pas aux Baux, suggère papa qui nous couve des yeux avec tendresse, comme un futur grand-père qu'il est?

— Oh, oui, les Baux, appuie Martine! Ça doit être tellement joli.

— Tellement « beau » intervient avec une finesse toute discutable, l'ami Luc qui part dans l'après-midi pour Toulon.

— Bon d'accord, je fais, on ira tantôt. Tu viens papa? j'ajoute, le regard hypocrite.

— Je vais pas être sur votre dos comme ça, il proteste. Il faudrait voir que maintenant je me laisse promener comme un vieillard gâteux... D'ailleurs, j'ai rencard avec mon Anglaise, le mauvais garçon, ça l'émoustille et elle tient pas en place.

On part l'après-midi, après avoir fait nos adieux à Luc, triste comme un jour sans pain. De nous voir si heureux, ça lui fait penser à des choses.

— Tu viendras nous voir, vieux marsouin.

— Appelle-moi pas « vieux marsouin », ces gars-là c'est tous des cochons. Tu le sais bien que je pourrai jamais venir en Argentine. Allez, vous êtes bien mignons quand même, quand je me souviens que c'est moi qui vous ai fait rencontrer... La Toune, elle était encore là...

— Tu te retrouveras une chouette fille, Luc, et t'empoisonneras encore longtemps tes clients avec tes conserves!

— Charrie pas. Bon, adieu...

Martine lui a fait une grosse bise fraternelle et il a tourné les talons en essuyant un peu ses yeux, parce que forcément, il y en a plein d'escarbilles à Marseille.

Je grimpe derrière Martine, pieds nus et son coquin derrière ondulant dans un pantalon de velours collant, les rues des Baux. Les rochers rouquins qui semblent baigner dans un ciel bleu... comme le ciel, se renvoient, d'arêtes déchirées en trous de terre, une fine poussière de feu. On les escalade, ces rochers et on se retrouve en sueur, les membres rompus, sur une espèce de plate-forme où on s'étend avec délices, les yeux dans le soleil.

Un bien-être pareil, j'en ai connu jamais, c'est pourquoi le miaulement sauvage de la balle m'agace d'abord avant que je réalise avec un grand coup au cœur. Elle ricoche cette importune, à pas cinq centimètres de ma tête. Je me lève d'un coup de reins, et saisissant Martine par les épaules, je plonge en roulant sur la pente, heureusement assez douce de ce côté. Le bon dieu de soleil que je trouvais si merveilleux l'instant d'avant, me gênait pour voir le tireur qui pourtant, me semblait être sur une sorte de piton, un peu à ma gauche. De toutes manières, je pouvais juste tâcher d'esquiver et de nous protéger. J'étais sans armes, ne jugeant pas nécessaire, pour une visite de courtoisie à la Provence, de me transformer en arsenal ambulant. Le fusilleur redoubla, bien au-dessus de nous, comme pour dire qu'il fallait un peu s'en faire, qu'il était toujours là, et comment!

— J'y comprends plus rien, j'ai soufflé à Martine pétrifiée contre moi. C'est quand même pas les Yougs qui ont pu me pister jusque là.

— Va savoir, elle a répondu. Tu m'as toujours dit qu'il y avait pas plus vicié que ces types-là. Suppose qu'un t'ait reconnu à Marseille... Ils sont puissants, une vraie nouvelle maffia.

— Je suis blond, j'objecte...

— Tu crois que c'est suffisant pour changer ta physionomie. Avec un cache sur ta photo, n'importe qui peut te restituer ta tête première. Tu penses bien qu'avec le massacre que vous avez fait à O..., Petit-Rébus et toi, ils doivent t'en vouloir : vengeance et surtout blessure d'amour propre; je sais que dans ton milieu, c'est une chose qui compte.

— T'as peut-être raison, j'ai dit. Mais on va tout de même pas rester ici toute la sainte journée!

Je voyais vraiment pas quoi faire. On était bel et bien bloqués dans une anfractuosité d'où la moindre tentative d'échappée nous exposait à un tir aussi nourri que malveillant. Peut-être attendre que l'agresseur se lasse ou qu'un promeneur se radine sur les lieux? Une troisième balle (22 long rifle, à mon avis) s'écrasa avec un « floc » sinistre dans la glaise rouge, soulevant une multitude de particules qui valsèrent dans la lumière. A ce moment, je repère une gouttière, à cinq mètres de notre abri, qui doit contourner le gros rocher à tête d'Indien et pourrait former un abri contre le tueur pour me permettre de le prendre par derrière.

Aussitôt observé, aussitôt exécuté, je m'élance en trois enjambées, sans me soucier du cri de peur de Martine et me retrouve sous la tête d'Indien, salué par une bastos trop tardive. Je suis obligé de ramper pour gagner un promontoire d'où je suis invisible et j'y reprends mon souffle. Puis je commence à grimper, m'accrochant aux nombreuses saillies, aux racines fragiles qui essaiment sur la paroi. Je dois me fier à une estimation très quelconque pour ne pas déboucher direct sur le gars à la carabine. Silence surtout. Je dois être maintenant exactement sous lui.

J'entame cette nouvelle ascension, m'attendant à chaque instant à recevoir une « longue » en pleine poire, presque à bout portant. Mais rien ne vient. Le type doit guetter le dessous de la tête d'Indien et ne m'espère sûrement pas ici.

D'une dernière traction désespérée, je me hisse au sommet de ce gros rocher. Nib, personne, rien que quatre malheureuses douilles qui brillent au soleil. En contrebas, j'aperçois une silhouette qui saute de pierre en pierre et je ne peux que lui lancer des cailloux et l'injurier, ce dont, qu'on me croit, je me prive pas.

— Tu as vu qui c'était, me questionne Tine, l'air angoissé?

— Non, je suis arrivé trop tard, il avait déjà filé.

Le juvénile enthousiasme qui m'habitait a complètement disparu, vraiment gommé par la pénible torpeur qui m'envahit : alors, on me laissera jamais tranquille, il va falloir recommencer à batailler, continuer de mordre, vivre ces deux jours avant l'embarquement avec la bosse du flingue glissé dans la ceinture? Mon bel amour, les métèques, comment qu'ils s'en balancent, comment que ces acharnés coyotes s'en tambourinent la coquillarde, de mon bonheur tout neuf...

Papa est bien embêté quand le soir, au dîner, je lui raconte cette arnaque agressive. Il veut pas y croire, il trouve ça gros :

— Comment veux-tu qu'ils aient déjà retrouvé

ta trace. C'est pas Dieu le Père, ces Yougs, ils sont pas mieux équipés que le Quai des Orfèvres.

— Ils sont sans doute mieux introduits ici, à Marseille, je contre.

— Wooo-là, que fait la Babouche vexé à mort. Je sais pas comment que ça se passe chez vous, dans le nord, mais ici, je vous affirme que personne l'ouvre devant quelqu'un qu'il connaît pas.

— Je te dis pas, Babouche, je te dis pas. Seulement, ces types, ils viennent d'un pays communisse, c'est tout de même pas la Sainte-Vierge qui les renseigne. Et pourtant, je poursuis en faisant danser les quatre douilles au creux de ma main, il y a quelqu'un qui m'en veut.

— D'abord, petit, a répondu Babouche, notre Bonne-mère elle s'en voudrait drôlement d'avoir des conversations avec des panades pareilles. Ensuite, suppose qu'il y ait quelqu'un dans tes amis qui les renseigne...

— Mais je vois personne, j'ai fait, indigné. Il n'y a que Luc qui sait que je suis dans le coin.

— Bien, petit, bien. D'après ce que tu m'as dit, ton Luc, il est dans la limonade. Suppose, j'affirme rien, tu remarqueras, que les Yougs soient venus le voir et qu'ils lui aient dit comme ça : « Luc, mon bon cher ami, si tu veux rouvrir ton troquet, il faut qu'on trouve André Le Cloarec, sinon, il y a un tas de pains de plastic qui sont attirés par ta devanture... », alors?

— C'est pas possible, Luc est pas le type à me

trahir comme ça. Il lui aurait rentré dans le buffet à une salope qui lui aurait parlé comme ça.

— Tu sais jamais comment même le meilleur des copains, il réagit devant la perte de son bifetèque, est intervenu Alfred. Ce qu'il raconte, la Babouche, ça paraît en tout cas logique.

Je me suis bataillé longtemps mais, à la fin, j'ai dû me rendre à l'évidence. Il pouvait y avoir que Luc qui pouvait monter un coup pareil.

— Ça t'a pas étonné de le voir débarquer comme ça, à l'impromptu? a dit papa.

— Et il s'en va à Toulon d'un seul coup, il attend même pas pour partir qu'on ait embarqué, renchérit Martine.

Tout ça, ça faisait bien des raisons contre Luc. Je pouvais pas y croire, une telle crasse venant de Luc, franc comme l'or, ne pouvait se concevoir. Et pourtant...

Je suis allé me coucher, accablé par ce nouveau fait. Je m'en foutais que tous les Yougoslaves de la terre, ils me tirent dessus. Ce que je pouvais pas gober, c'était la trahison de Luc. Martine m'a consolé, me soufflant dans l'oreille :

— Ne t'en fais pas, après-demain, on voguera vers l'Amérique. Luc, il pourra plus rien faire contre toi.

Le lendemain, je me suis enfouraillé et j'ai mis une petite tonne de munitions dans la poche de mon veston. Luc avait beau être tireur d'élite, il m'aurait pas facilement et la viande froide, on verrait de quel côté elle serait. Pas bonnard à tendre la joue gauche, moi.

L'après-midi, on est parti, Martine et moi pour Fontvielle parce que comme je l'ai dit, j'ai fait des études et je voulais voir le moulin de Daudet. Papa avait un air mystérieux en refusant, encore une fois, de nous accompagner. Pourtant, là, je le voyais pas comme gêneur, plutôt comme garde du corps.

La route, elle sentait en plein la Provence, un vrai bond dans le passé, sans pollution, bruissante de cigales, belle comme une peinture avec ses maquis moutonnants et ses oliviers tordus comme de vieux rhumatisants. La soif, à un moment, m'a torturé le gosier et je me suis arrêté dans un petit village, à un bistrot qu'il faut deviner pour le mériter. Ça odorait du bois ciré et des sachets de thym pendus aux grosses poutres meunières du plafond :

— Té, qu'elle a lancé la tenancière, vous aussi vous allez voir le fada!

— Qué fada, j'ai fait, avé l'assent, pour pas désobliger cette aimable personne.

— Le sorcier, quoi, le guérisseux. Dix personnes peut-être qui me demandent le chemin depuis ce matin. Vous pensez, il a eu la télévision, ça lui fait de la « pubicité » qu'il en vient de partout, même de chez les pisse-froid de Lyonnais.

La brave femme vantait sa gloire locale et souhaitait qu'une chose, nous voir entifler la route que rapidement elle nous expliquait. Plus il en viendrait de monde, consulter son sorcier, plus les affaires marcheraient. Pour pas la vexer, cette digne matrone, et parce que ça amusait Martine, j'ai engagé l'Austin dans le petit chemin pas goudronné qui menait à l'antre du « guérisseux »

Il m'a bien semblé à un moment que la route était droite, voir un nuage de poussière derrière nous, mais, basta, elle l'avait dit la mère, il en venait de partout, même de chez ces pauvres Lyonnais qui sont pourtant gens les plus drôles du monde, mais qui passent par ici, dans ce coin exhubérant, pour des bourgeois « à la triste figure ».

On est arrivé sur une grande aire délimitée par des oriflammes colorés outrageusement et qui proclamaient l'universelle science du Maître provençal « Mistral de Camargue », grand chevalier chinois d'acupuncture, docteur ès phytothérapeutie de la Faculté de Martigues et autres lieux. Je suis un truand, personne peut plus en douter, je vole les gens, c'est certain et, même, maintenant marqué sur mon casier judiciaire, mais alors là, j'avais trouvé plus fort, rien qu'à voir les centaines de pauvres gens rassemblés autour d'une estrade, qui boitillant, qui dans une petite voiture, qui pas fermes sur leurs pattes, qui verdâtres, qui aveugles, qui crachant dans la garrigue, qui pélegreux. Ils brandissaient, ces naves, un billet de cent francs nouveaux à l'appel pressant de l'emplumé qui s'agitait au milieu de trois ou quatre disciples. C'était un gigantesque et gras vieillard au crâne rasé, le front ceint d'une couronne de lauriers et sur l'épaule duquel était posé, manifestement abruti, un corbac que le Maître « Mistral de Camargue » présentait comme un aigle du Kurdistan.

Alors, c'était aussi simple que ça de leur arracher leurs biffetons à ces honnêtes gens. Il suffisait de leur promettre « un fluide fludorisant issu de la masse de l'idiosyncrasie humaine et projeté dans mon subconscient archétypé » pour qu'ils offrent dix sacs d'un seul coup d'un seul. Le Maître glapissait, contemplé par son corbeau déplumé :

— Dans cette boîte protectrice (Il montrait une boîte de Valda où on avait effacé la marque.), il y a l'espoir des générations présentes et à venir : le sel atlante « Shouk-Nimié » pour la *resplendicence* énergique de vos microbes-amis! (La foule fit ahaaa! comme à l'Assemblée nationale quand le Président sonne la fin de la séance.) Demain, vous serez tous guéris, vous irez porter partout la bonne nouvelle : le fils spirituel des Nuages, « Mistral de Camargue » est descendu parmi nous!

Vous parlez d'un choc pour ces braves hallucinés quand ça a canardé au-dessus de leurs têtes! Quelle panique dans les rangs. Ils les ont rentrés vivement leurs billets et ils se sont rapidement mis à plat-ventre, même les pires infirmes, les gnaces aux chairs les plus loqueteuses, et les aveugles devaient avoir un don de double-vue gardé en réserve, parce qu'ils se mettaient d'office à l'abri de la direction tirailleuse. Quand au grand Maître, on le voyait plus. On peut être fils des Nuages et avoir le trouillomètre à zéro...

Pour moi, ça devenait une longuette habitude de plonger sous les bastos, et Martine avait le bon entraînement aussi. Pour le coup, c'était plus de la

22 long-rifle, mais du gros calibre de guerre, sans doute l'assaut final puisque notre bateau, il partait demain à onze heures du mat'.

D'après ce que je pouvais en juger, ça tirait de par-derrière l'estrade, et c'est par là que j'ai riposté, coup sur coup, très peu planqué derrière une bosse du terrain. Une autre rafale, et les montants qui supportaient les rideaux mystiques de l'estrade se sont effondrés, sous les piaillements de « Mistral de Camargue » et de ses chauves compagnons. Ça nous a révélé une espèce de petit moulin inachevé, une tour sans étage couverte de chaume et qui devait être le logis des « guérisseux » Le tir venait de là, par une fenêtre aux vitres cassées, précis, économique de ses rafales, un tir qui faisait penser à un professionnel. Le travail d'un ex-armurier de la Marine, par exemple.

La foule des handicapés, voyant que le massacre était pas pour elle, se met à dévaler vers le parc à voitures situé un peu en contre-bas de l'aire et où officiaient d'autres malfrats de moindre envergure : marchands de cacahuètes, de ballons, d'appareils à bulles de savon, de barbe-à-papa. C'est la ruée, la grande curée sans pitié, des pieds-bots écrasent des figures de cauchemar, des manchots bousculent les pulmonaires, les loucheurs assomment les cancéreux, les vérolés font des croche-pieds aux cyphosiques lesquels envoient des mandales aux mongoliens. C'est le réveil miraculeux de la Cour des Miracles moderne, son envolée froussarde à l'approche de la Faucheuse, ce soir Chevalier du Guet. Ce que « Mistral de Camargue » n'aurait sans doute pu réussir, la rafale y parvient, hosannah, ils sont guéris!

Pour moi, je me vois pas en bonne santé de sitôt, avec les meurtrières guêpes d'acier qui effritent mon précaire abri. A peine je dresse la tête pour riposter, ça me décoiffe en vent de mort. Toutes les automobiles des branquignols du petit espoir partent en trombe, ne restent sur le carreau que les éclopés majeurs, les victimes du rush salvateur et sous l'estrade, là-bas, le Maître et ses disciples qui clament leur trouille à leurs parents les Nuages.

Et le soleil va tomber sur tout ça comme la signature sur un tableau funèbre.

X

Tous les guerriers vous le diront : un coup dur, ça se compose de quatre-vingt dix pour cent d'attente et dix pour cent d'action. En vertu de cet axiome, je me cale le plus confortablement que je peux derrière mon petit monticule, je caresse la tête de Martine et j'attends de voir venir.

« Mistral de Camargue », pris entre deux feux, ne pipe plus mot et doit, pour le moment, essayer de suggestionner la matière afin que nos balles se transforment en edelweiss. Depuis quelque temps, il a dû réussir puisque l'ennemi ne tire plus. Afin de contrôler la constante de cette situation, je me dresse un peu, imprudemment, chuchote Martine, et rien.

Ambugue traduirait ça par : « L'ennemi — ou le fellouze, le salopard, le Viet — a décroché et opère un repli stratégique vers ses arrière-bases ou son matériel roulant, en l'occurrence la D.S. que je peux voir s'éloigner à toute allure sur un chemin pas très carrossable, derrière le pseudo-moulin.

— Tu as vu, ils sont partis, constate Martine.

— Allons voir, je dis avec scepticisme. Ils nous tenaient comme rats en ratière et ils se barrent. C'est curieux.

— Ils ont dû penser que les types qui se sont sauvés allaient donner l'alerte.

Maintenant, la nuit est complètement tombée, sans lune, la vache. Je m'avance vers la tour et me retrouve, au débotté, en plein milieu des frénétiques « guérisseux » qui m'alpaguent au passage et me regardent comme s'ils voyaient la page 395 du Petit Larousse illustré de 1913 :

— Qu'est-ce que ça veut dire, pérore « Mistral de Camargue. » C'est à vous qu'ils en voulaient?

— La colère des Nuages est sur nos têtes, dit un malingre disciple.

Je coupe court à leurs conneries :

— Vous les avez vus? Combien et comment étaient-ils?

— Des anges des ténèbres, homme, une multitude avec des petites cornes, un nez d'ornithorynque et des pieds de canard de Barbarie.

Je vais finir par croire qu'ils se foutent de moi et je saisis rudement le grand Maître aux yeux globuleux par son peplum :

— Me charrie pas et cause, lavette.

— Il n'y avait qu'un homme, Monsieur, avec un fusil-mitrailleur. Je n'ai pas pu le voir, il y avait un reflet dans la vitre.

Je le lâche. Saloperie de Luc, il doit être plus près de Tarascon que du Mont-Farjon à cette heure.

Une ordure comme ça, faux-frère, faux-jeton, ça ne mérite rien que de souffrir comme un damné. Je te retrouverai, charogne et je te mettrai dans les mires, deux grands trous noirs. (Merci, Ferdine.)

Le grand Maître veut nous bénir, Martine et moi, mais je refuse, j'ai déjà une suffisante scoumoune pour me mettre mal avec le bon Dieu à cause de cet énergumène. On accepte juste le verre d'hydromel fade que ces bons apôtres nous offrent et on reprend la route de la Marsiale, comme on irait à confesse.

— Cristi, jura Babouche en prenant papa à témoin. Il sera pas dit qu'on assassine mes amis sans que je me bouge le petit doigt. A partir de maintenant et jusqu'à ce que vous montiez sur le barlu, vous êtes sous ma protection.

Il fit signe à un type d'allure espingo, mince comme une lame de couteau, un zèbre qui vous regardait jamais en face :

— Pepito, tu vas plus quitter ces personnes, il a ordonné en nous montrant tous les trois. Tu réponds de leur sécurité sur ta vie. Tu m'as compris tu m'as?

— Yes, qu'il a répondu sobrement Pepito, lequel était pas plus ibérique que vous et moi mais plutôt d'origine « gypsie » et avait été oublié en France par l'armée de la perfide Albion qui depuis, oubliant sans doute sa distraction, persistait à le traiter de déserteur.

— Et puis toi aussi, Caramel, s'adressant à un grand dadais à l'air bête qui machouillait avec application la friandise d'où il tirait son surblaze.

— C'est trop, a protesté papa, tu nous gâtes.

— On n'en fait jamais trop pour les amis, il a riposté. Et de toutes façons, ces peigne-culs ne glandent rien de la journée, ça les occupera un brin.

Au moment où on se mettait à table, le type qui ressemblait à John Wayne est entré en trombe dans l'arrière-salle du bistrot :

— Une rafle, vite!

Comme par enchantement, tous ceux qui étaient chargés se retrouvèrent les poches vides ou le holster dégarni, cet arsenal charmant allant baguenauder du côté de la batterie de cuisine, dans un grand fait-tout hospitalier.

— Bon appétit, il a dit respectueusement le lardu en entrant. Ce sont tes invités? il a ajouté après avoir digéré le fait que personne répondait à son souhait.

— Oui, c'est mes invités, gros couillon, et si tu t'avises de les emmerder, je te promets bien que tu seras pas longtemps commissaire, et que dans une semaine, il y aura un O.P. de plus à Lille.

— Te fâche pas, Babouche, a dit d'un air conciliant le commissaire. Je veux de mal à personne, moi. On m'a seulement signalé qu'André Le Cloarec était dans les parages, alors je vois. D'ailleurs, il a ricané, il n'y a personne de son signalement ici. (Puis, me regardant d'un air vicié :) sauf peut-être monsieur... mais monsieur, il est blond alors que Le Cloarec il est brun.

— Tu vas faire refroidir la bouillabaisse, Gaëtan...

— Je m'en vais, je m'en vais.

Puis, me fixant de nouveau :

— Et monsieur, il s'appelle pas Le Cloarec, il s'appelle?

— Legrand, Legrand Michel, j'ai répondu d'une voix un peu enrouée.

— C'est ça, il a dit en ricanant de nouveau. Michel Legrand. Et vous exercez quoi comme métier?

Pris de court, je lui ai dit la première chose qui me passait par la tête, sans doute influencé par mon faux nom :

— Je suis accordeur de piano...

— C'est ça, il a continué en faisant craquer ses doigts, tout à fait ça. Alors je présume que la Babouche veut mettre de la musique sur sa poésie et il vous a demandé d'examiner son Pleyel...

— Tu attiges, Gaëtan. Si tu as des doutes pour monsieur Legrand, tu n'as qu'à lui demander ses papiers. C'est pas un crime d'accorder les pianos, il a ajouté Babouche après un temps de réflexion, et puis ça vaut encore mieux que d'être flic...

— Je veux pas vous empêcher de manger plus longtemps, il a conclu le lardu d'une voix papelarde, alors je demanderai à M... heu... Legrand, de passer demain matin au commissariat pour qu'on examine ses papiers... heu... de près. Bonsoir, Messieurs, et bonne fin de repas.

Et il s'est retourné vers Babouche :

— Ici, c'est pas un lieu public, c'est ton arrière-salle, c'est privé. Mais demain, il fera jour.

Il est parti en tournant sèchement les talons, heureux de sa sortie.

— L'enculé de sa mère, a grondé Babouche. Il

t'a reconnu comme deux et deux font quatre. Là, t'es bon comme la romaine. Il pouvait pas se permettre l'éclat vu qu'il est plus de onze heures et qu'il avait pas de mandat, mais tu peux être sûr que demain matin à cinq plombes du mat', il sera là avé son foutu papelard et au moinss une armée d'enmitraillés. André, on t'a donné.

C'était aussi bien mon avis... La mariée était trop belle, cette rigolade trop enveloppée papier-soie, vrai piège à cocu d'avance... Les lardus, je veux, sont les grands rois de la gamberge. Disposent d'ordinateurs, quantités de techniques qui provoquent l'ire de Babouche et des vieux arcans qui restent attachés à l'artisanat. La flicaille dispose d'un réseau d'informateurs qu'on peut pas s'imaginer : le balayeur, le marchand de nougats, le détaillant de tailleurs sous son barnum, la vendeuse de tickets de Loterie Nationale, les pompistes, votre femme même, font partie de la grande confrérie de la Mouche. Tout ça, je veux bien, j'admets qu'intellect et Poulaille ne sont plus, aujourd'hui, inconciliables. Mais là, le coup était trop dirigé, le vice tant téléguidé qu'il puait la provocation : averti trop tard pour m'enchrister, Gaëtan me flanquait les foies magistraux, d'en quoi péter sur le velours, à m'émulsionner le tempérament toute une nuit.

Luc, mon petit, tu es le seul à savoir que je pars demain, le seul qui puisse me pousser à l'acte désespéré de la sortie en Cuirassier, charge héroïque...

Car à tous les coins de rues avoisinantes, il me suffit de regarder par les fenêtres, des cars de flics stationnent, immobiles et sombres comme des dragons obèses à l'affût sous les machicoulis du castel.

— Pour le fugace, on repassera, a constaté philosophiquement papa. Je vois pas quoi faire. Tu n'as pas d'autres issues de sortie, Babouche?

— Si, mais tu penses bien que Gaëtan les connaît depuis le temps. A peine ton fils aura mis les pieds dehors qu'ils tireront à vue. Ils feront les sommations après!

— Je peux pas me barrer par les toits? ai-je émis.

— On va voir ça, a répondu Babouche sans enthousiasme.

Il y coupait pas, lui, de l'inculpation de recel de malfaiteur. Enfin, il s'en sortirait sûrement avec un non-lieu, en prétendant que je l'avais abusé et qu'il connaissait pas mon vrai blaze, ce qui ne convaincrait personne et surtout pas les curieux. On a tous grimpé jusqu'au grenier et j'ai passé la tête par le vasistas. Félons poulets, il y avait deux, ou peut-être trois, en-bourgeois de faction sur les toits voisins, planqués derrière des cheminées. Funéraille, funéraille, le filet était indémaillable. Ces gens-là connaissaient leur métier, et Gaëtan, tout cucul qu'il avait l'air, faisait pas les choses à moitié.

Il restait six heures avant l'heure légale des arrestations d'été. Après, le bateau qui se taillerait sa collerette de vagues sans Martine, sans papa, sans moi. On est redescendus pour voir que les flics avaient barré la rue aux deux extrémités et qu'ils n'y laissaient rentrer personne sans contrôler les fafs. Dans les bars voisins, les truands bloqués devaient bien se demander en l'honneur de quel beau crâne on déployait tant de monde. Ça s'interpellait de terrasse en terrasse :

— Hé, Titin, qu'est-ce qui se passe?

— Loutrel est revenu?

— C'est une affaire d'espionnage, s'exclama un renseigné.

— Le êfebihaille en liaison avec la P.J. Ils cherchent de la drogue!

— On n'est jamais tranquilles...

— Il y en a toujours qui se font remarquer et c'est les autres qui trinquent!

— Moi, dit une vieille bordille à ratons, je sais ce qu'il y a... C'est le petit Cloarec qu'il est dans le coin. Un poulet me l'a dit t'à l'heure.

— Vlà que les Bretons y viennent foutre leur merde ici.

La jolie solidarité du mitan, ma mère!

On s'est mis, Babouche, Caramel, Pépito et moi à un poker sans entrain :

— Et le fric, papa, il est où?

— Dans ma serviette, avec moi, a répondu Alfred d'un air triste. Je pouvais pas le laisser à l'hôtel.

— Peut-être bien que j'ai une idée, a fait brusquement Babouche en rabattant brusquement ses cartes. On peut toujours essayer. Caramel, passe-moi le téléphone. Allo, le *Soleil,* c'est toi Mario? Bon, écoute, l'armée, dehors, c'est pour chez moi, ils veulent le jeune Cloarec. Alors tu vas organiser un gentil bordel dans ton troquet, une fiesta bruyante. Fais passer dans tout le côté gauche de la rue, je m'occupe du droit. Et dis bien que c'est moi qui le demande... Départ du bingtz dans un quart d'heure.

Il a téléphoné encore quelques coups, recommandant de s'accrocher un peu les guignols et qu'ensuite tout le monde déferle dans la rue, filles en tête. Je me demandais si ça allait marcher, si ça suffirait à détendre les barrages. Escorté de Pépito et Caramel, suivi d'Alfred et de Martine, je devais foncer dans la foule et tâcher de passer à travers les mailles du filet.

— Bonne chance, petit, m'a dit Babouche en me serrant la pogne.

— Merci pour tout ce que tu fais, Babouche.

— Bohf, ça me rajeunit ces histoires. Ça me rappelle le bon temps où tout le mitan descendait dans la rue quand les rafles devenaient trop fréquentes. Il y a une paille de ça. Vamos, garde-toi bien et vive l'anarchie!

Aujourd'hui, tous les truands sont radicaux-socialistes, au pire, gaullistes. Je parle de leur nature profonde, bien sûr, pas de leurs convictions étalées.

Le grand raout s'est déclenché d'un coup, comme le cri d'allégresse des gosses qui débouchent dans la cour de récréation, le cœur en fête et les guiboles impatientes. Ça faisait tant et tant d'années que le mitan voulait faire son joli mois de mai, lui aussi, lui qui contestait à tour de bras depuis des siècles : « Nous sommes tous des barbeaux! » « Sous les menottes, il y a le bracelet! », « Il est interdit d'interdire de se tuer! ».

Jeunes putes et horribles harengères, maqs au biberon et casseurs chevronnés, dynamiteros au coffiot « de la dernière averse » et traficoches « des neiges d'antan », bataillon de choc des « gangs de lâches » et hardis rats d'hôtels, tous déferlaient en une grande expiration trop longtemps retenue, sortant par dizaines de leurs antres puants, sapés milord ou minables loqueteux, l'œil farouche, la taloche rudaille et le verbe haut.

Fusent injures et griffes laquées dans la petite nuit de Marseille, les cognes se débattent sous des monceaux de harpies qui leur fauchent leurs bénouzes, leur cloquent des fessées mémorables à battoir ridé de ménagère. D'autres mannequins arrivent à la rescousse, aux bouts de la rue, on voit s'arrêter dans de rageurs crissements de freins, des cars qui éjectent leur cargaison noire et casquée, la matraque haute.

On se libérait, et comment, des complexes; les grands squales chefs de clan mélangés fraternellement aux demi-sels founassiers, les plus timides se contentaient de faire de l'obstruction têtue devant la charge, les culottés mornifant à perdre haleine la poulaille éperdue qui ne pouvait se dégager.

Les bistrots vomissaient des grappes d'êtres de cauchemar qui voyaient le ciel pour la première fois depuis des années, des terrés de la Libération, des pâles au pedigree à faire frémir Petiot, emmurés volontaires pour échapper à la foule d'alors qui plaisantaient pas avec les amis des feldgrau, des contrefaits qu'avaient honte de se montrer dans les rues, une cour des miracles de mendiants humbles d'ordinaire sous les pèlerines et devant les rondes de

155

nuits et qui se défoulaient à coups de béquilles de toutes les humiliations passées. Des bitaniques fiévreux, amaigris par le jeûne, la « merde » et la masturbation, piétinaient avec une morne jouissance les empêcheurs de rêver en rond que les furies avaient jetés bas, des mamas siciliennes, graillonnantes aux cheveux suifeux noyaient les escadrons flicards sous l'huile bouillante de leur cuistance, les troquets solidaires œuvraient à jets de siphon et les gamins aux yeux cernés, cheveux dans le cou, agiles et malins, se mettaient de la fête à coups de fronde approvisionnée au boulon rouillé et à l'éclat de verre. Tout un monde s'élançait à l'assaut vachard des forces de l'ordre.

— Ça me fait penser quand les boches ont fait sauter le vieux quartier, soliloque, ravi, Babouche, quand tous les rats de Marseille couraient à la sauvegarde.

On s'élance, Caramel devant, nonchalant, Pépito un peu en retrait, l'œil vif et le doigt nerveux sur une gâchette qui demandait qu'à bouger. Moi, la peur me nouant le ventre, l'arme aussi à la hanche, tout dans la position recommandée par le commissaire Sasia, un connaisseur, çui-là...

La confusion est à un comble tel qu'on n'en verra pas de sitôt des comme ça sur la Canebière. Les morues que leurs jules obligent à piper des flics pour se concilier leurs bonnes grâces, se vengent des libidineuses avanies, des enthousiastes commencent à dépaver la rue et brûler les voitures, des pas-sérieux font « hou-les cornes » à des hirondelles éberlués, des fétichistes taillent dans les robes des veuves corses

156

des drapeaux noirs, des forcenés se chabrolisent dans une tasse où des tantes s'offrent aux vainqueurs en gloussant derrière leur sac à main, de joyeux drilles, pris dans la tourmente, éructent et mirlitonent et clament des chansons à boire postillonnantes, des pratiques fauchent leurs matraques aux poulets pour opérer ce qu'on appelle un retour de bâton, la folie meurtrière se complète avec une pétarade foireuse, coups tirés en l'air, qui redonnent le sursaut salvateur aux flics abasourdis par tant d'agressivité.

— Attention, que gueule Gaëtan, à vingt mètres de moi, blême et à plat ventre dans le ruisseau, Le Cloarec se barre, tous à moi!

— Boudiou, jure Pépito qui a eu le temps, depuis la fin de la guerre, d'assimiler les finesses du langage provençal, il nous a vus cette rascasse!

Il n'est plus temps, s'il le fut, de finasser. Je lâche mon chargeur entier, rageusement, sur le lardu qui s'abrite derrière un large bac à fleurs, le nez dans les bégonias. Il riposte, et moins maladroit que moi, me chope au gras de l'épaule, là où inéluctablement, le héros est blessé.

J'ai Alastor, Bitru, Azzaziel, Focalor, Satan et ses quarante-neuf légions qui sarabandent, brûlent mes chairs, les mordachent, les dévorent à dents infernales. L'impact du 7,65 réglementaire me repousse contre une vitrine où je m'affale, à moitié assommé et gueulant de douleur. Je vois papa battre en retraite vers le bistrot de Babouche, entraînant Martine dont le chignon part en quenouille. Caramel ouvre le feu comme en se jouant sur le commissaire qui replonge dans son terreau, pas atteint à ce qu'il me semble. Caramel me regarde d'un air désolé, comme pour s'excuser de ce mauvais tir et lâche une dernière bastos, visée largement, pesée avant le coup de doigt, une vraie démonstration. Pépito me relève, et me soutient jusqu'au bistrot de Babouche qui nous accueille sur son pas de porte, Thompson sous le bras, l'œil vigilant.

Dehors, l'hécatombe continue. L'Université vient même à la rescousse, sans savoir ce qui se passe, comme d'habitude. Des barricades se montent et se défont, les sifflets retentissent dans la nuit; tout le monde est au balcon, supputant les mérites des gladiateurs qui s'accrochent encore, infatigables aux ramponneaux. Dans un coin, des flics braquent un groupe d'hommes penauds qui doivent se demander dans quelle galère emmerdavatoire ils se sont embarqués. Et pleurent les jeunots batailleurs sous l'assaut irrésistible d'une C.R.S. compacte et cracheuse de grenades, bleuissent sous les pavetons les flics atteints, ricanent sauvagement tous les parias qui fuient devant les projos que la poulaille allume, mouillent les gentilles garces au cul délicat qui auront bien du héros à panser, quand tout sera fini.

On m'étend sur une table en formica, saignant comme un bœuf, à moitié inconscient. Martine pleure en me caressant le front; la percée a échoué, à moi les petits matins pâles et froids si personne grâcie. Je suis foutu, bien rapé.

— On n'a pas eu de chance, constate papa, j'ai bien peur du pire, maintenant.

Comme réconfort moral, on doit pouvoir trouver mieux. Et pourtant, si Alfred dit à moi, son fils unique, que ça va mal, c'est qu'on est dans la merdouille complète.

— Qu'est-ce qui se passe dehors? demanda Babouche à Pépito.

— Les cognes, ils embarquent tous ceux qui traînent, c'est le dernier carat, ils commencent à ramasser les amochés et à tatanner les valides dans le bas-ventre. Tous les jeunes partent en calèche, les truands courent vers les issues, mais ils se font presque tous prendre. Ah là, il y en a un qui passe, oh, deux poulets lui bouchent le passage, il les évite, il court drôlement vite, il est passé. C'est Louison, Louison de Bordeaux. Les gens rentrent chez eux, les limonadiers ferment le rideau de fer, autrement, tout le monde va au gniouf. Il y aura du travail pour tous les commissariats, ce soir.

Caramel, avec une douceur de mère, désinfecte ma blessure à coups mordants de coton alcoolisé. Tous m'entourent, comme si j'étais un oncle à héritage sur le point de trépasser, et pas trop tôt...

Je le comprends que je les gêne, j'emmerde tout le monde : Luc voudrait me voir clamsé pour rouvrir son bistroquet, Babouche voit pas comment il payera son éditeur si ces vapes continuent, papa déplore ces sales aventures qui le sortent de son train-train de fonctionnaire du crime. Il n'y a que Martine, j'espère, qui se désole pour moi-même, pour mon corps qui souffre sous les brandons d'acier de Gaëtan.

— On va te l'extraire, ta balle, dit Caramel en revenant avec une pince et un rasoir à main.
— Eh, papa, j'ai la force de souffler. Dommage que tu sois plus dans la représentation. Tu lui aurais fait des prix à Caramel, pour le matériel chirurgical.

Papa rigole et s'approchant de moi, me décoche le puissant direct au menton dont il a le secret. Anesthésie.

XI

— Et le soleil va pas tarder à se lever, murmure, c'est la première chose que j'entends, Babouche à papa...

— Ils vont donner l'assaut.

— Je pars, j'interviens en un grand effort. Cette fois-ci, je passerai.

— Et par où, petit malheureux? questionne papa qui m'espérait pas réveillé de sitôt, à ce qu'il paraît.

— Par les toits.

— C'est de la folie, dit Martine en me prenant la main.

— Ecoutez, j'ordonne. Vous faites un tir de diversion par le vasistas qui donne sur la rue et moi, je passe par l'autre.

— Si tu veux, dit Babouche, découragé de tant d'avanies.

— Yèsse, fait Pepito avec un sourire.

— Chi tu veux, répète Caramel, les mâchoires encombrées par un bonbon.

— Laisse-toi prendre, fils, supplie Alfred. On t'ar-

La divine surprise. 6.

rachera, mais là, tu vas te faire buter, sûr. Dans l'état de faiblesse où tu es, cavalcader sur les toits, c'est comme si tu distribuais tout de suite les faire-part de tes funérailles.

— T'inquiète, p'pa, de toutes façons, je préfère crever comme ça qu'éternuer dans le panier de son. Et puis, j'y ai goûté maintenant, de la tôle, et je peux dire que ça correspond pas à mon tempérament. J'y retournerai pas.

La nuit s'étirait, glacée comme un ouisqui-soda, le frissonneur des lendemains de cuite. De sourdes rumeurs naissaient déjà, renvoyées de murs en murs, de portes cochères en balustrades. Marseille faisait claquer les linges de ses matins qui se faisaient attendre, comme pour me donner ma dernière chance.

— Où vas-tu aller, André, me demanda Alfred?

— Je vais piquer une voiture et monter sur notre ville. Je patienterai le temps qu'il faudra, mais j'aurai la peau de Luc.

— Je vais rentrer à Paris, dit Martine avec une étrange douceur. Le beau rêve est fini, n'est-ce pas, mon chéri...

— Vas-y, souffla Caramel. On ouvre la danse.

Ça péta à tous calibres, bientôt dans le quartier. Jamais les voisins auront si belles occases de spectacles gratuits. Depuis la chasse aux crouyas, ils avaient pas eu telles chasses à l'homme. Les enfants s'en souviendront.

Les flics sur les toits ripostèrent, rageurs et précis. Juste au moment où mes épaules franchissaient avec moult peine l'étroit passage, Caramel s'écroulait, la figure emportée par une balle. Ma dernière vision de ce grenier, ce fut le caramel sucé qui pendait, retenu entre deux dents, gluant de bave et de sang, au-dessous du visage hideux de ce pauvre garçon.

Je cours sur les toits, me retenant aux arêtes des cheminées, talonné par les inspecteurs qui m'ont vite repéré. Je saute de gouttière en gouttière, souffrant la male-mort, désormais comme un fauve traqué, réagissant par impulsions sauvages, mettant le pied à tel endroit parce que l'instinct me guide, hors de toute logique, acharné seulement à échapper à la meute tiraillante qui me cerne.

Et puis miracle : une cour devant moi où je descends, agrippé à la tige d'une antenne de télévision. Une cour nauséabonde et grasse mais qui s'ouvre sur une ruelle sombre pas veillée par les flics. Je suis dans la rue, bousculant deux boulots qui m'injurient et doivent confondre ma mère avec une autre, plus salace et vénale à ce que j'en entends rapidement...

C'est place Castellane que je tombe sur la bonne occase : un quidam amoureux et pressé, gare sa 404 à hauteur d'une jeune fille et descend pour ouvrir la portière côté passager. Ils doivent travailler ensemble, ces deux-là, lui l'emmène, et je donne pas au type deux ans pour complètement oublier le genre de galanterie à fiançailles qui lui fait perdre, aujourd'hui et son aplomb, et sa voiture.

Avant qu'il ait pu introduire sa douce amie dans la bagnole, je me suis déjà glissé au volant et je démarre au quart de tour, le moteur tournant encore étant dans ce cas un atout majeur à la rapidité du départ. Il en reste comme deux ronds de flan et je peux le voir, dans le rétro, la main suspendue à hauteur de la poignée, tenant la petite par le coude, et les jambes comme coupées.

Je roule vite, prenant tous les risques; heureusement, à cette heure, il n'y a pas encore beaucoup de circulation, et j'atteins en peu de temps la nationale 113 avant qu'on y dresse des barrages. Je m'en vais te crever, Luc, gare à tes bouteilles! Je pique une autre voiture à Salon et file sur Arles. C'est un sacré détour, mais on prend jamais assez de précaution et de l'hallali, j'en ai eu mon compte cette nuit.

Au lieu de passer sur Lyon, itinéraire facilement prévisible, je monte par le Puy, Clermont-Ferrand (avec une pensée émue pour Jeannot de Pontoise), levant une voiture sitôt que la précédente est à cours d'essence, comme ces loulous qui font leur « tour de France » du vice, rapinant par ci, pipant coco par là, et se retrouvent, inéluctable, en tôle, ce qui leur ouvre la carrière, « compagnons » qu'ils sont devenus.

J'arrive dans ma ville un après-midi pluvieux, et j'abandonne ma dernière voiture sur le parc de la gare. Pour ce qu'il me reste à faire, la condition piétonneuse est suffisante. Je me demande si Alfred est remonté, lui aussi, tâchant de limiter les dégâts que mon honneur bafoué va occasionner, et comment! Je traînasse, n'osant encore m'aventurer dans la rue Bardamu, certain que Luc qui a vu dans les journaux l'échec de ses horribles salades, se terre avec les munitions adéquates pour l'O.K. Corral définitif. Je me dirige vers la poste et compose son numéro. Ça décroche :

— Allo, le *Triomphal*? Pourrai-je parler à Luc?
Une voix que je connais pas répond :
— C'est de la part de...?
— Un ami, je rappellerai.

Et je raccroche séco, parce que des manières comme ça, ça pue l'empoulaillé à cinq lieues à la ronde. Il aurait, ce putassier, fait appel aux flics pour se protéger que j'en serais pas tellement étonné. Quand on commence à donner dans l'ignominie, on sait jamais comment ça s'arrête, et pour s'en sortir, on les accumule les saloperies vachardes, jusqu'à plus soif, tel le paumé dans les sables du Mont, qui remue tant et tant qu'il s'engloutit tout seul.

Je rentre dans un bistrot où je suis inconnu (Ma teinture commence à passer.) pour le requinquage des cellules nerveuses par absorption massive de café-cognac. Deux types sont là, accoudés au zing et discourant avec le loufiat :

— Mais si, je te dis, c'est Lulu qui me l'a dit. Il est brancardier, alors c'est un de ses collègues qu'a été le chercher ce matin. Une balle dans la tête, paraît même que c'était pas beau à voir...

— Et pourquoi qu'il se serait balancé d'après toi.

— On dit que c'est le chagrin d'avoir perdu sa femme. Quand il est revenu de son voyage, il a pas pu supporter d'être tout seul et il s'est flingué.

— Faut dire qu'il s'en était passé des drôles au

Triomphal, il y était sûrement mêlé. Et pis c'était un copain de ce Cloarec qu'est recherché partout.

Et ben, mes loups, pour une nouvelle... J'en avale mon cognac de travers. Luc suicidé? Alors, comme ça, c'est pas réservé aux financiers véreux et lubriques des « Veillées des Chaumières »? Luc, rongé par le remords, s'envoyant une valda dans le ciboulot, ça me paraît un peu fort de café, littéraire pour tout dire. Je sors rapidement, complètement désemparé : que foutre ici maintenant que tout s'écroule en catastrophes mornes? Je suis dès lors voué au voyage friable au bout de la connerie, de la mienne, de celle des autres, de leur laideur à tous. Qu'est devenu Alfred? A-t-il pu se tirer de la souricière de Marseille. Je n'ai plus un flache, il me reste qu'un chargeur, je suis sale, épuisé, vieilloque.

Par acquit de conscience, je pousse jusqu'à la garçonnière de papa, mais bien sûr, on ne répond pas à mon coup de sonnette. Pas encore rendus. Pourtant, nom de nom, j'aurais bien besoin de leur chaleur, de leur amour, pouvoir me dire en rigolant : « Le bateau, on va le prendre à Bordeaux avec des faux-fafs imparables, c'est fini, on efface tout et on recommence, les bons et les méchants, mes salauderies à moi, tout ce toutim sanglant, misérable mesquinerie où j'avais guère à filer les lattes, si j'avais eu pour deux sous de bon sens. »

Que j'en avais à ficher, moi de tout ça? Pris les crosses de Petit-Rébus... par amitié? Non, dalle, par vaine gloriole, sentimentalisme caca, honneur bidon. Que me faisait que les Yougs envahissent nos fiefs, je m'en tapais bien maintenant, que le mitan soit colonisé par eux, les Papous ou les Monégasques, ça m'aurait pas enlevé le pain de la bouche à moi. Tout ça, je m'en rendais bien compte, c'était des histoires à la mords-la-moi, des bousculades infantiles pour un paquet de chouine-gomme, du désir de parader, de s'entendre dire du bien de soi. Tous les horribles zombis yougoslaves, je leur donnais la Place Blanche et la Bastille s'ils la voulaient, avec les Baumettes en prime pour leurs congés et Versailles comme goguenots.

Mais qu'on me fasse plus chier.

A ce moment, j'ai pensé à Mireille qui peut-être pourrait me dépanner, me planquer dans son castel le temps que la famille rapplique. Comme elle avait dit à un antiquaire ami, après m'avoir rencontré pour diverses acquisitions :

— Il n'est pas mal, ce garçon... Oh, vous savez, je peux bien le dire, je pourrais être sa mère...

Oui, tiens, fume, cochonne; à notre rencontre suivante, chez elle où j'avais porté des meubles, elle m'avait fait voir comment qu'elle concevait l'amour maternel. A quarante berges tassées, elle avait gardé un corps de minette, un air royal d'emmerdeuse. Un lourd chignon oscillait toujours au bas de sa nuque mince et je pouvais pas repenser sans rire à son grand dépendeur d'andouilles de mari qui la suivait comme un toutou, acquiesçait à toutes ses volontés quand elle daignait lui exprimer.

Elle dirigeait, en banlieue, une grosse usine de prêt-à-porter et en parlait sans cesse, si bien que la joyeuse bande des antiquaires de la ville où elle avait, avant de s'attaquer à ma vertu, déjà fait des dégâts, la surnommaient que « mon usine », ce qui s'entendait aussi bien comme allusion à la façon dont elle bricolait ses amours à la chaîne que de cette fâcheuse tendance qu'elle avait d'étaler en toutes circonstances son industrie vestimentaire.

Je vais jusqu'à la poste et l'appelle :

— Allo, Mireille? Ici André, j'aurais besoin de vous voir.

— Dans un quart d'heure à l'*Univers*.

Je me traîne, triste à mourir, jusqu'au bistrot de rendez-vous. Rester planqué un temps chez cette femme, et pis à quoi ça m'avancera. Je sens que je file le mauvais coton à me masturber comme ça, me chercher des motivations à toutes actions, vais-je tourner « robbe-grillet » en plein massacre?

Je vois par la véranda Mireille freiner son I.D. et descendre en coup de vent. Elle va se payer, telle que je la connais, le grand frisson : héberger un tueur, ça vous pose, du nanan de première pour les souvenirs de jeunesse. (Jeunesse, tu parles...) Elle vient droit à moi, sans hésitation, en femme qui sait ce que le temps coûte, en argent et en peine.

— Je vous emmène à mon pavillon de chasse?

— Si ça vous dérange pas... dans votre famille...

— Mon mari fait tout ce que je veux et ne me pose jamais de question, me rassure-t-elle, une façon de me dire comme une autre : « Vas-y, grand fou, culbute-moi... ».

— Vous savez que je suis recherché, vous allez

prendre de gros risques, surtout dans votre position.
— Oui, je sais, ça doit s'appeler recel de malfaiteur, non?
— Exact.

Je règle ma consommation et on se dirige vers sa voiture dont je prends le volant. Elle me dirige, encore « business-woman » en diable, la voix autoritaire et l'œil droit devant, vers la ligne verte des côteaux de la Loire. Nous arrivons à son petit castel qui se dresse au fond d'une prairie, après un long chemin de terre.

Pendant que je range la voiture dans le cellier à bois, elle va ouvrir la porte principale. C'est une demeure bourgeoise du Second-Empire à laquelle on a cru bon d'adjoindre, un peu plus tard, une tour simili-médiévale qui ressemble plus à un pigeonnier qu'à la Tour de Londres. On entre dans le salon :

— Comment trouvez-vous l'ameublement? me demande-t-elle en me désignant la pièce où le meuble Renaissance que je lui ai vendu se perd parmi des copies 1900 de Louis XVI et Empire.

Je m'en fous radicalement, d'ailleurs, je ne suis plus antiquaire et n'ai plus de ménagements à faire à quiconque :

— Hideux, chère Mireille, absolument infect. Le mélange de tous ces styles fait penser à un souk. Tant qu'à faire, vous auriez pu prendre un décorateur.

Elle pâlit, serre les dents et va pour répondre. Je la chope par le bras :

— Ecoutez, Mireille, écoutez-moi bien. Si vous

avez voulu m'accueillir, c'est pas par pure charité chrétienne, c'est dans un intérêt bien précis. Je suis un homme traqué, toutes les amignonneries, je les mets au rencard à partir de ce moment. Je veux bien être poli et vous payer ma note, mais me forcez pas au marivaudage. J'en ai ma claque. J'ai fait plus de mille kilomètres en trois jours, je suis blessé, pas gentil.

— Blessé, où ça, où ça? elle s'apitoie, soudain mère-poule.

— A l'épaule, rien de très grave. Juste un pansement à changer.

Illico, elle m'entraîne vers la salle de bains et me désape gentiment. La fatigue commence à me tomber sur le râble. Je la vois, la Mireille, plus douce, chatte, pendant qu'elle examine ma blessure. J'ai du bol que la balle soit ressortie, mais la douleur recommence... C'est extraordinaire comme les femmes aiment panser, chouchouter. C'est le vieux fond de la femme des cavernes, léchant les blessures de son mâle abîmé par un grizzli. Elle me badigeonne la plaie à l'alcool et je ne peux retenir un grognement de souffrance :

— Là, bébête-t-elle, c'est fini le gros bobo.

— Vous auriez pas un peu de cognac ou de ouisquie? je demande, abrupt.

— Si, si, s'empresse-t-elle, finissez de vous déshabiller, je fais couler le bain et je vous amène ça.

Même si elle est tarte, cette mémène, il faut pas dire le contraire, je gode comme un cerf. Même ma blessure m'est comme une présence chaude, réconfortante. Le ouisquie qu'elle m'apporte me renforce dans cette sensation de bien-être, comme l'eau bouillante qui floquefloque le long de mes mollets. Elle vient me savonner tout le corps, plus du tout femme d'affaire, mais tendre, respectueusement possessive.

La vie truande est ainsi faite : un jour j'te crasse, un jour j'te lave, le bonheur avec Martine, la douleur, la honte, le dégoût et puis, d'un seul coup d'un seul, ces instants qu'on peut pas oublier, suprêmes, marquants : la jouissance physique mêlée aux troubles plaisirs que peut apporter une tranche de vie dévorée intensément. C'est la mochetée, notre existence est la grande maquerelle de la mort : voyez les pendus qu'érectent, et pas qu'un peu...

Elle me regardait avec des yeux de pucelle, comme pour me retenir. Comment lui dire que je n'étais, que je ne pouvais plus être qu'un oiseau de passage, oiseau de malheur. Il fallait pas que cette femme s'attache, j'avais la trouille de ça. Je l'ai fait, malgré ses supplications, basculer dans la baignoire, et j'ai rejoué le jeu désinvolte, sans l'ombre d'un sentiment, tout en casanovesque possession, sans gamberge.

— Vous savez, tu sais, Mireille, je veux pas te devoir de reconnaissance, j'ai dit, un peu agressif et goujat.

— Je me doute, elle a répondu, que vous resterez pas ici longtemps. Je présume que vous avez des projets?

— Je peux pas vous en parler, vous le comprenez, Mireille.

Je quittai la baignoire, laissant une nappe noireuse au fond, soudain flapi. La nuit arrivait, la nuit solognote bruissante des éveils étranges de bêtes tapies sous les hautes frondaisons. Nous passâmes à table, buffet froid, tendrement enlacés comme, déjà, un adieu. Je savais bien un peu ce qu'il me restait à faire, être mufle complet, désagréable personnage pour pas laisser de regrets à cette aimable hôtesse. Mais je pouvais pas m'y résoudre, mon éducation, et la « psychologie » que m'avait inculquée papa et qui s'appliquait, oh combien, à toutes sortes de relations avec les femmes.

— Vous êtes vraiment ce qu'on a dit dans les journaux, André, un tueur?

— Oui, Mireille, j'avais jamais tué, mais j'y pensais souvent. Je croyais que ça me ferait ni-chaud, ni-froid, et puis je me trompais... Encore, vous voyez, on se dit toujours, sur le coup, qu'on a une raison valable d'effacer quelqu'un du souvenir de ses contemporains. Quand on voit les choses avec un peu de recul, ça ne vaut jamais le coup.

— J'ai remarqué, elle dit, que chaque fois qu'on vous disait quelque chose qui vous déplaisait, vous portiez la main à votre pistolet, dans la ceinture...

— Un tic, je fais agacé, juste un tic...

— Je crois, je crains que non, André, plutôt un mode de vie. Quand je vous ai connu, j'ai bien sûr senti que vous n'étiez pas comme les autres. Ça se remarquait à ces rides autour de votre bouche, ce que j'appelle les rides de l'aventure.

— Si vous saviez comme mes aventures ont été connes.

— Mais elles ont été. C'est ce qui m'a attiré chez vous, cette sorte de mystère d'une autre vie, une existence parallèle et dangereuse.

— J'en ai vraiment, passez-moi le mot, soupé de tous ces coups-fourrés. J'avais un ami, il est mort, j'avais un père, je sais pas ce qu'il devient, j'avais une femme, je l'ai quittée pour fuir. Vous vous rendez compte, jamais plus je serai un homme normal, un type qui peut se pointer à la terrasse d'un café sans craindre qu'un loufiat physionomiste le repère et bigophone à la police.

— Vous avez choisi, André, tout seul. Elle est jeune?

— Oui, vingt-cinq ou vingt-six ans...

— Je comprends. Il faut maintenant que je rentre, on va s'inquiéter à la maison.

Elle s'est levée de table, grande dame de nouveau (Grande dame du prêt-à-porter!) et m'a dit bonsoir cérémonieusement. Vachard, le ventre un peu serré de rester seul dans cette grande maison, je lui ai demandé :

— Et votre loyer, Mireille, vous n'en prenez pas la totalité?

J'en rajoute, volontairement vulgaire. Je suis étendu sur un canapé criard et louis-philippard, le cerveau engourdi, le corps las. Elle me regarde avec mépris avant de laisser distiller entre des lèvres pincées :

— Je ne savais pas que les caïds de la pègre étaient des putes en disponibilité.

Trop, c'est trop, et je lui envoie une mandale gratinée qui l'envoie valser à l'autre bout de la pièce. Elle se relève et vient se coller contre moi :

— Tes collègues antiquaires m'ont toujours dit que tu étais un type à part. Je vois maintenant ce que ça veut dire. Un salaud est toujours un être à part.

Je l'attrape par un aileron et l'entraîne vers la porte :

— Il vaut mieux que l'on se revoie demain. Demain il fera jour, nouvelle peine; ça suffit pour ce soir. Apportez-moi les journaux.

Elle part sans ajouter un mot et j'entends son I.D. ronfler dans la nuit tandis que le puissant pinceau de ses phares illumine les taillis du parc.

Quand j'émerge de mon sommeil animal, elle est là, ayant déserté son usine, chatte.

— On parle encore beaucoup de vous en ville. On sait que vous êtes revenu.

— Quelle importance. Quelqu'un m'aura vu. De toutes façons, j'ai atteint le bout de ma course. Il n'y a plus grand-chose à faire, vous savez, juste partir, et comme le dit la sagesse populaire, partir, c'est mourir un peu. A crédit.

— Vous vous donnez des airs, André, des allures de dur et vous n'êtes qu'un enfant.

Entrouvrant les draps, je lui prouve le contraire, la forçant comme une fille de ferme, l'avilissant à plaisir. Ma frénésie est à l'opposé de tout acte charnel et je fais mal, emporté par trop de souvenirs et pas assez d'envie.

— Est-ce que je peux téléphoner, Madame?

Je reprends des distances que je n'aurais jamais dû perdre.

— Allez-y, murmure-t-elle, désenchantée et désormais haineuse.

— Je vais me tirer, je dis rageusement, vers des pays qu'on n'a pas idée ici.

Alfred est revenu car je l'ai tout de suite au bout du fil :

— Petit, tu es là?

— Tu vois papa, sain et sauf, indestructible, un vrai héros de cinéma...

— Ecoute-moi bien, André. Est-ce que tu peux me rejoindre à la sortie de la ville, sur la route de Bordeaux?

— Ça peut se faire.

— J'ai Martine avec moi. On saute dans ma voiture et on embarque demain pour Bahia-Blanca, comme des princes.

J'y croyais plus beaucoup à l'Argentine. Ça finissait par évoquer le paradis inaccessible, la terre promise et jamais retrouvée.

— D'accord, Alfred, dans une heure, ça va?

— Où es-tu?

— Chez Mme X, le temps de faire mes adieux, je suis à toi.

— Ah, mais, tu es pas loin de notre maison de campagne. Ça serait plus simple qu'on se retrouve là-bas.

— T'as raison, Alfred. Alors, dans une heure.

Mireille me zieutait avec pitié, femme forte d'un seul coup :

— Vous y croyez, vous, qu'elle m'a dit, à la fuite. Vous croyez qu'on peut effacer tout en courant aux quatre bouts du monde.

— Un seul me suffira, j'ai fait, sarcastique. Je vous ai payé mon loyer, qu'est-ce que vous demandez de plus?

— Salaud!

Le mot avait sifflé en même temps que la gifle. Je la regardai, bien droit et pas fier, honteux d'abuser de la fausse situation. Cette femme m'avait aidé, secouru, elle m'avait pansé, elle s'était offerte, et je trouvais encore le moyen de vider mon sac à goujaterie, comme l'aérostat jette le lest pour s'élever plus haut...

— Adieu, Mireille, j'ai murmuré. Et je vous demande pardon. Pour tout.

— Vous n'êtes qu'un petit con!

Ça sonnait clair, net, et définitif. Je pouvais pas lui en vouloir.

— Pouvez-vous m'emmener jusqu'à mon rendez-vous? j'ai demandé, presque humblement.

— Le dernier service, André, le dernier.

On est montés dans la D.S. et on a regagné la levée de la Loire, silencieux et hiératiques comme des prêtres bouddhistes. Comme pris d'un regret tardif, j'ai mis ma main sur son genou :

— Vous avez raison, Mireille. On est con quand on est perdu.

— On est surtout con quand on a vingt-trois ans,

elle a souri. Vous auriez pu rester tant que vous auriez voulu.

Il n'y avait plus rien à dire, les mots désormais étaient comme des baudruches risibles et inefficaces. On arrivait devant notre maison des bords de Loire. Je suis sorti sans un mot, me contentant d'agiter vaguement la main, comme un écolier qui part en colonie de vacances et ne s'occupe déjà plus de ses parents quand le car s'ébranle, pris qu'il est par la connaissance de nouveaux petits camarades.

La D.S. de papa était là, et quand je le revis, grave, il me sembla que des siècles étaient passés depuis la Marsiale. Martine m'attendait aussi, et je ne sus dire pourquoi, son regard me parut comme faux, sournois.

— Whooo, petit, tu as l'air en pleine forme.
— C'est qu'un air, tu l'as dit, papa.

On se trisse. Bon. J'avise la serviette aux vingt millions et la saisis. Ma tête éclate en mille flamèches multicolores, vertigineuses, intempestives...

XII

Au fond de mes vapes, au bord du gouffre douloureux où dansent des tas de fantômes, des incubes rigolards, de graves lémures, j'ai enfin la lumière. Derrière la lourde qui donne sur la cuistance, le méchant calibre me susurre ce que mes fantômes m'expliquent avec une onction ironique : papa s'est fait avoir comme un bleubite par les Yougoslaves.

Deux poilus rastaquouères braquent ma petite famille et surveillent mes émergeatoires clignements de chasses. Probable qu'ils leur sont tombés sur le poil quand ils ont débarqué dans la ville. Je vois le tableautin comme si je m'y fus trouvé : je bigophone, ces deux ordures de renfort sont déjà là et dictent à Alfred sa conversation. Bien sûr, j'aurais dû me méfier. Rien que le coup du rendez-vous sur la route de Bordomuche, c'était pas dans son style. Pourtant, je me dis que s'il a changé d'idée et qu'il m'a donné rencard à la maison de campagne, c'est qu'il médite une arnaque. J'essaie de piger, mais ça mirontone pas carré à la suite du coup de goumi du Yougoslave. Peut-être qu'il pense aux grenades de la buanderie? Mais ça fait loin d'ici, moi pas partant pour le sprint avec la bastos. Alors?

— Vous nous avez bien donné du mal, dit le plus grand des simiesques.

Il s'exprime presque sans accent. Rien qu'à ses carreaux fumés, on voit que c'est un intellectuel, du genre dévoyé comme disait ma pauvre tante 'Gorine.

— Vous nous avez tué beaucoup de gens, il poursuit. Une vraie série noire.

— C'est peut-être pas fini, insinue en perfidie mon Alfred qui me virgule des clins d'œil que je pige pas.

— Oh, si, monsieur Cloarec, bien fini. Pendant que vous faisiez le western à Marseille, on a tout repris en main dans votre ville. Et maintenant, pour vous, c'est *le* fin...

— Des fins, eh marais salant, j'interviens. (Je me redresse sur un coude.) Et puis à quoi ça vous servirait de nous descendre? A vous venger? Vous devriez savoir que la vengeance procède toujours de la faiblesse de l'âme, qui n'est pas capable de supporter les injures[1].

Il se marre. C'est toujours ça de pris. Avec ce genre de mecton qui s'écoute penser, il faut toujours jouer le jeu... Causer, faire le gus, transformer la violence en mots et dévier les intentions meurtrières sur la bretelle des motivations. Je suis toujours à moitié couché. J'attends le numéro de papa, le coup

(1) La Rochefoucauld, nous voilà!

qui lui a si bien réussi avec Stefanovick et consorts : les incendier pour détourner leur attention tandis que, héros « in-extremis », je sauve le api-ennde.

— Mais ce que vous êtes de drôles de chilipodes, il entame Alfred, enfants on vous orchidotoma et depuis vous traînez votre misérable existence dans des hammams à prurigineux où vous pourchassèrent tous les bacilles gonorrhéens!

Papa sort la grande brême, là, le résultat de cinquante ans de compulsions du Littré, et aussi, il faut le dire, la fréquentation de Larousse qui, sans rire, reste avec la Bible le best-seller des bibliothèques pénitenciaires.

Mais ce Yougoslave-ci est pas du genre susceptible; il se contente d'apprécier l'effort de vocabulaire d'Alfred avec un air de dire « Ces mots, il faut que je me les note... » Du bout de son 38 canon court, il me fait signe de me relever. Je me sens monter les affres de la dernière promenade qu'a dû ressentir Tino-le-Fausset, il y a quelque temps, quand nous l'amenâmes ici-même. Je tenterais bien le tout pour le tout mais mon épaule me fait toujours mal. En bloc, on sort de la maison pour aller dans le jardin, bien encadrés par l'intellectuel à binocles et son compère le taciturne.

On a la Loire devant nous, en contrebas, avec des mouettes qui nous criaillent leur chant du départ : « Youp profundis, yop, Te-Deum! » pour les braves. Que ne donnerait-on pour une poignée de flicards en goguette, nous, pauvres caves braqués par les méchants étrangers. On chiquerait à la Défense

Nationale, on les montrerait du doigt les ex-riverains du beau Danube à valsettes. Hou les vilains!

On descend les trois marches vers la cave. Dire qu'à presque portée de la main, il y a un joli lot de poum-poum : depuis la Gammon à plastic jusqu'à la classique quadrillée dont on se lasse pas. Ça me fait penser que j'aurais dû piéger aussi le cellier.

Remarquez, la cave, ça a suffi. A peine le beau mirot frisé a-t-il poussé la porte que ça a pété du diable. Nous, polis, on s'était un peu écarté le long des moellons.

Aussi, je vous demande un peu cette manie de vouloir tuer les gens dans la cave. N'avaient qu'à acheter un silencieux, ces navailles, et suriner au grand jour.

Les éclats vrombrissent et cognent à tous les azimuts, cailloux volent. Papa étend d'une manchette le taciturne qu'était juste écorché, placé derrière nous qu'il était. L'autre, le cultivé, il est pas joli-joli à voir : le ventre ouvert avec le verdâtre des viscères qui coule en une sorte de lave dégueulasse, le visage qu'est plus qu'une plaie, comme une ébauche de tête de marionnette en papier mâché rouge. Je ramasse le fil de fer auquel est encore attachée la goupille et le montre à Alfred :

— Les vieux trucs, ça marche toujours.

— Oui, qu'il me fait en se tenant les côtes, pas du tout gêné par le mannequin disloqué qui rend toujours ses entrailles à petits coups distingués. C'est dommage qu'il me tournait le dos, ce con, j'aurais bien voulu voir sa tronche quand c'est parti...

181

— Oh, dit soudain Martine prête au refile et agrippant le bras de papa. Regarde...ez, regardez, c'est ignoble.

Dans la poussière, près du rosier de Noël, il y a un œil du type, absolument intact, abelesque, déterminant : d'un commun accord, Martine et moi partons en vomissements. Papa hausse les épaules et choute dans l'œil qui s'en va rouler hors de notre vision. Ça va un peu mieux. Le grand-guignol, je l'aime qu'en littérature, pas de visu, si j'heurk — pardon — ose dire.

L'idée de piéger la cave m'était venue après une tournée de chinage que j'avais faite en campagne, un jour. J'étais entré chez une bonne vieille beauceronne qui m'avait vendu tout un lot de baïonnettes abandonnées par les feldgrau qu'avaient occupé la maison. En allant aux vaters, j'avais remarqué une off' accrochée à la petite fenêtre des lieux. La vieille m'avait raconté que le jour où la section alboche avait quitté la baraque, ils avaient suspendu cette grenade là et que, depuis vingt cinq ans, elle avait jamais osé y toucher « d'peur qu'ça pète, c't'engin, mon bon monsieur. ». Obligeamment bien sûr, j'avais cisaillé le fil de fer et emporté le truc. Si ça se trouve, c'était elle qui venait enfin de servir après avoir empêché une brave mémée d'aérer ses chiottes pendant un quart de siècle...

Papa ramasse le « Cobra » du zigomar et on remonte à la maison pour l'indispensable cordial. Le taciturne, plus silencieux que jamais, j'ai pas voulu que papa le dessoude. Il y en a assez et suffisamment, comme dit Monsieur Explétif. Halte à l'invasion persistante de la viande froide. Il faut d'ailleurs maintenant drôlement se carapater le bout, parce que dans cinq minutes, comme on n'a pas été très discrets, ça va être l'invasion de la semelle à clous. Je prends un peu de linge de rechange dans ma chambre d'été et le rigolot qu'est sous les limaces.

— Pose ça, qu'il me dit Alfred, c'est là qu'on se quitte.

XIII

— Sans bruit, en douceur, les gars, je les veux vivants.

Derrière le car, il a bonne mine le commissaire, entouré de Carteret et d'un presque bataillon d'habillés. « Allez-y... vivants »... C'est pas lui qui va bouger, le lardu, tout sanglé pare-balles qu'il est. « Allez-y... », je peux l'entendre, la voix chuchotée porte quand même bien en grimpant le côteau.

Quel beau salaud, tu as été, mon père. Quand je me suis retourné, une paire de chaussettes à la main, tout con-surpris par la dureté de la voix, j'y ai pas cru : papa me braquant avec le revolver du Youg', c'était la blague, le grand pied en rigolade...

Quand il m'a eu désarmé et qu'il est parti à reculons avec la valoche pleine de fric et Martine derrière lui, j'ai arrêté de me marrer :

— Excuse-moi, fiston, mais je la garde, Martine.

— Depuis quand, j'ai dit, très pâle, le cœur gros comme jamais j'avais eu ?

— Depuis ta sortie de prison. Quand t'étais à O... chez Jeannot de Pontoise. Ça m'a pris comme ça et je savais que jamais tu me la laisserais...

— T'as raison, Alfred. Alors, aux Baux, chez « Mistral de Camargue »?

Il a préféré rien répondre, papa. Il devait se dégoûter infiniment. En interrogeant plus avant, il m'aurait sans doute avoué que c'était lui qui m'avait signalé à Gaëtan-commissaire, à la Marsiale. Peut-être était-ce lui qui avait flingué ce pauvre Luc. On m'avait souvent dit que le démon de midi trois-quarts conduisait les hommes à toutes les folies, toutes les abjections, mais jamais j'aurais pu penser qu'un type comme papa qui avait toujours vécu dans l'honneur pouvait tomber maboul et ignoble comme ça.

J'ai regardé Martine dans les yeux. Elle a baissé le regard puis m'a fixé, désormais indéchiffrable. Il n'y avait plus rien à dire, qu'à se haïr...

— On prend la voiture, fils. (Le « fils » passait mal.) T'as ta chance de ton côté.

Même s'il avait déjà essayé, maintenant il devait plus avoir le cœur à me dessouder. Lui aussi était au bout de son rouleau, abîmé dans les fonds nauséeux, foutu désormais pour toutes les joies. Il voulait plus me tuer Alfred, juste aller faire le vieillard avec une dérisoire sauteuse qui se méprisait et qu'il méprisait.

Aussi il a été surpris quand ça a claqué de derrière lui et que je me suis effondré, touché au ventre. Affolé il a levé son arme sur Martine qui étreignait l'arme du taciturne qu'elle avait ramassée en douce. Elle a fait feu une seconde fois, sans même laisser le temps à la fumée du premier coup de dérouler ses spirales. Feu calmement, muette, l'air de savoir quelque chose qui m'échappait, qui me rendait fou, feu en plein sur le vieux cœur d'Alfred qu'avait bien battu, bien déconné en vain.

Et puis elle est sortie, toute droite, et j'ai découvert son secret, la raison de ce visage fermé à tout, une sorte de secret de l'existence : on ne vit que pour soi.

Mon vieux père saignait même pas, un peu souriant, comme un gisant de cathédrale. C'est à ce moment que j'ai entendu les cars des flics qui s'arrêtaient dans le chemin, tandis que par l'autre côté, vers les plages de Bahia Blanca, la D.S. folle emmenait une femme lucide, une femme seule avec vingt millions.

Je me suis traîné en rampant jusqu'à la grande verrière de la chambre à Alfred. En dessous des vignes du côteau, presque de la même couleur que le sulfate sur les feuilles, montaient déjà, pistolets-mitrailleurs pointés, les petits soldats de l'ordre engoncés dans leurs gilets pare-balles. Je ne tirerai pas.

« — Vivants... »

Et maintenant? J'ai une chose vivante dans le ventre, le résultat obligatoire des accouplements forcenés avec la mort, avec la vie brutale.

Maintenant... Comme dit mon vieux pote Novalis, « où donc un enfant dormirait-il avec plus de sécurité que dans la chambre de son père? »

FIN

DU MÊME AUTEUR

Aux Éditions Gallimard

Dans la collection Série Noire

LA DIVINE SURPRISE, *n° 1429*
LES PANADEUX, *n° 1443*
LA MARCHE TRUQUE, *n° 1473*
BERRY STORY, *n° 1586*
NOTRE FRÈRE QUI ÊTES ODIEUX, *n° 1662*
LE GRAND MÔME, *n° 1717*
POUR VENGER PÉPÈRE, *n° 1806*
BALLES NÈGRES, *n° 1825*
ON N'EST PAS DES CHIENS, *n° 1862*

Dans la collection Super noire

L'OTAGE EST SANS PITIÉ, *n° 48*

Dans la collection Carré Noir

QUELQUES MESSIEURS TROP TRANQUILLES (La Nuit des grands chiens malades), *n° 197*
CRADOQUE'S BAND, *n° 373*
JE SUIS UN ROMAN NOIR, *n° 468*
JUSTE UN RIGOLO, *n° 506*

*Impression Bussière à Saint-Amand (Cher),
le 15 mai 1985.
Dépôt légal : mai 1985.
Numéro d'imprimeur : 1281.*
ISBN 2-07-043545-8./Imprimé en France.

OAS 10

antiquaire
psychologic - mystic

folklore 47
Breton 50

Bigeard
45

Boudard 66

Simonin o
Giovanni

Yougoslaves -
Bretons

'68 — 154

165 ok corral

35698